Elfi Sinn

Die Schlager-Goldies greifen ein!

Cosy-Crime-Geschichten

Bibliografische Information der Deutschen Nationalbibliothek: Die Deutsche Nationalbibliothek verzeichnet diese Publikation in der Deutschen Nationalbibliografie; detaillierte bibliografische Daten sind im Internet unter http://dnb.dnb.de abrufbar.

© 2022 Elfi Sinn

Herstellung und Verlag:

BoD – Books on Demand, Norderstedt

Titelbild: Matthias Handrek unter Verwendung von

Motiven von ©Depositphotos.com

ISBN: 9 783 756 807 529

Inhaltsverzeichnis

Wer ist wer?

Mascha Nussek, 67, haucht dem Chor und ihrer Gemeinde neues Leben ein, singt Sopran und organisiert am liebsten Chorauftritte, liebt Krimis und stört sich an allen ungelösten Problemen.

Friedel Neumann, 82, leitet den Chor musikalisch seit die Leiterin weggezogen ist, spielt Klavier, singt Sopran und liebt alte Schlager.

Claudia Graf, 67, singt Alt, liebt ihre roten Haare genauso sehr, wie das Singen und hat eine künstlerische Ader.

Gaby Kästner, 67, singt Sopran, übt sich im Kuppeln und fährt das am besten aussehende Auto.

Sigrid Kerner, 67, singt Sopran und ist als gelernte Schneiderin auch für die Bühnengarderobe zuständig.

Nadja Böhme, 68, singt Alt, hat den Chor zeitweise verlassen und kehrt jetzt zurück.

Max Graf, 10, Enkel von Claudia und Computerspezialist.

Die verschwunden Skulptur

Cindy, oh Cindy, dein Herz muss traurig sein, der Mann, den du geliebt, ließ dich allein. 1957-gesungen Margot Eskens

„Und warum singen wir nicht einfach mal was anderes?"

Auf Mascha Nusseks Frage reagierten die anderen Frauen so überrascht und fassungslos, als wäre einer der legendären Chippendale-Tänzern plötzlich in ihrer Mitte aufgetaucht und würde sich so präsentieren, wie Gott ihn geschaffen hat. Alle drehten sich erstaunt zu ihr um.

„Aber…", wollte die blonde Gaby, eine der jüngsten, gerade beginnen.

Mascha war jedoch gut vorbereitet und wollte sich nicht beirren lassen. „Nein, lasst es mich erklären." Sie hob abwehrend die Hand. „Ich verstehe euch ja, ich singe die alten Volkslieder auch gerne, aber wer will sie denn noch hören? Wir hatten seit zwei Jahren keinen Auftritt mehr und unser Chor schrumpft auch nicht ohne Grund. So macht es vielen keine Freude mehr."

„Aber…", jetzt war Gaby wieder fähig zu sprechen, „wir haben das doch immer so gemacht."

„Und genau deswegen müssen wir es auch ändern!" Mascha war fest entschlossen, denn sie spürte schon länger wie die Aktivität erlahmte, nicht nur im Chor, sondern in der gesamten Gemeinde. Viele jüngere Leute waren in die nahe Großstadt abgewandert und zurück blieben die, die einfach gleichgültig oder auch zu müde waren, um sich gegen den allgemeinen Rückgang zu stemmen. Inzwischen war auch ihr Dorf in die Großstadt eingemeindet, aber das führte nur dazu, dass das öffentliche Leben noch weiter erlosch. Mit der Schließung der Gemeindebibliothek, die Mascha bis zu ihrer Rente leitete, verschwand der letzte Funken Kultur. Ärzte gab es auch schon lange nicht mehr, nur noch einen kleinen Lebensmittel-Laden mit Poststelle, den alle „Tante Emmi" nannten und den „Dorfkrug", eine Kneipe, in deren Hinterzimmer der Chor übte. Allerdings waren von den 30 Frauen, die früher dort begeistert sangen, lediglich noch 5 übrig geblieben. Mascha betrachtete diese Entwicklung schon länger mit Sorge.

Mit 50 hatte sie sich nach der Scheidung entschieden, von der quirligen, lauten Großstadt ins grüne Randgebiet zu ziehen und dort die damals noch große Bibliothek zu übernehmen. Weniger Stress und mehr Natur und natürlich die gute Luft, all das hatte sie überzeugt. Dazu kam der idyllische Ort, der aussah, als würde die Zeit hier einfach langsamer vergehen. Große starke Laubbäume säumten die Dorfstraße und spendeten im Sommer ausreichend Schatten, während sie im Herbst alle mit einer grün-rot-goldenen Farbenpracht erfreuten. Dazwischen die hellgetünchten Häuser, von denen keines zu hoch aufragte. Die drei Blocks mit sechs Etagen und Lift, in denen Maschas Wohnung lag, fügten sich am Ortsrand gut ein. Und als zusätzlichen Pluspunkt gab es einen See mit Badestrand, den sie sogar von ihrem Balkon aus sehen konnte. Alles schien, als würde es immer so bleiben. Niemand schien von der Modernisierungswut befallen, die sie in anderen Gemeinden gesehen hatte. Hier wurden die Straßenlaternen immer noch mit Blumenampeln dekoriert und an den Fenstern jedes Hauses blühte es aus üppigen Blumenkästen.

Und was ihr anfangs recht ungewohnt erschien, man kümmerte sich umeinander. Wer krank war oder einfach Hilfe brauchte, konnte damit rechnen, dass ohne langes Bitten jemand auf der Matte stand, um zu helfen. Denn jeder kannte jeden, nicht nur die Namen, sondern auch die Geschichte oder die Schwierigkeiten. Privatsphäre war daher wirklich nur eine Illusion und Klatsch und Tratsch waren der Treibstoff des Zusammenlebens, aber auch des Zusammenhaltes. Daher pflegte man das Gespräch mit den Nachbarn so regelmäßig wie seinen Vorgarten und hielt alles in Ordnung.

Damals hatte sie sich in den Ort verliebt, allerdings war er damals auch noch viel lebendiger gewesen und die Menschen bereitwilliger, etwas für die Gemeinschaft zu tun. Leider hatte sich diese idealistische dörfliche Mentalität nicht gehalten. Das alles müsste man wieder beleben, aber wie?

Das brachte sie in ihren Überlegungen wieder zum Chor zurück.

„Wir brauchen mehr Sachen, die Freude machen, nicht nur hier im Chor, sondern überall. Aber hier fangen wir an. Friedel, was hast du am liebsten gesungen, als du 17 warst?"

Die weihaarige Friedel, die älteste der Teilnehmerinnen, die den Chor übernahm, als die frühere Leiterin weggezogen war, saß schon am Klavier. Bei dieser Frage lächelte sie sofort strahlend. „Natürlich Schlager!" Dann griff sie in die Tasten und stimmte *Cindy, oh Cindy* an. Erstaunlicherweise konnte sie mit ihren 82 Jahren auch den Text noch fehlerfrei singen.

Die anderen fielen zunächst zögernd und dann aber mehr und mehr begeistert ein. Als Friedel die Hände von den Tasten nehmen wollte, protestierten die anderen sofort.

„Kennst du auch *Der Mond hält seine Wacht*?", rief Gaby.

Friedel nickte nur und legte los. Auch danach konnte sie sich vor Wünschen kaum retten. Als sie *Schöner fremder Mann, Weiße Rosen aus Athen* und *Seemann, deine Heimat ist das Meer* sogar zweimal gesungen hatten, schaute der Wirt herein.

„Feierabend, meine Damen! Ihr habt eure Zeit überzogen. Aber was ihr heute gesungen habt, das könnt ihr öfter machen. So lange sind die Leute sonst nicht bei ihrem Bier geblieben, jeder will immer schnell nach Hause, aber heute nicht."

In der folgenden Woche waren sie das Ortsgespräch schlechthin, denn den Leuten gefiel das sehr, was der Chor jetzt sang. Für Mascha war es keine Überraschung, dass die Menschen ihren fröhlichen Gesang liebten, der sie an die eigene Jugendzeit erinnerte und ihnen ihre Probleme etwas versüßte. Schon als Bibliothekarin hatte sie sich häufig über Kritiker geärgert, die nur solche Bücher als gute Literatur anerkannten, in denen schwere Schicksale vorherrschten und die Hauptpersonen nichts zu lachen hatten.

 Allerdings führten die meisten Menschen, die sie kannte, nicht das Leben einer Drama-Queen und entschieden sich wesentlich häufiger und lieber für Erzählungen, die lustig waren, sie schmunzeln und sich besser fühlen ließen. Warum also wurden Frohsinn und Optimismus nicht höher geachtet, als die Fähigkeit, bei jedem Problem, mindestens einen Liter Tränenflüssigkeit abzugeben? Außerdem lachten die meisten lieber, als zu weinen.

Bei Schlagern war es ähnlich. Warum sollte man nicht beides mögen können. Sie liebte klassische Musik, sang aber für ihr Leben gerne alte Schlager, je kitschiger, desto besser.

Gab es nicht sogar mal eine richtige Kampfansage in einem Schlager? Richtig! Schmunzelnd erinnerte sie sich an den Text *Wir lassen uns das Singen nicht verbieten.* Das sollten wir unbedingt ins Repertoire aufnehmen.

Als sich die fünf wieder, wie üblich am Dienstag Nachmittag trafen, waren die meisten noch genauso begeistert und wollten unbedingt mit Schlagern weiter machen. Mascha hatte klugerweise schon einige Liedtexte für alle kopiert und so konnten sie sich besser auf den Gesang konzentrieren und auch wieder zweistimmig singen. Sie sangen alle Titel, die sie schon in der Vorwoche gesungen hatten und zum Schluss noch einmal *Cindy, oh Cindy,* das

Friedel besonders gut gefiel.

„Wir klingen wirklich toll", jubelte Claudia, die von ihren leuchtend roten Haaren immer noch behauptete, das sei alles Natur.

„Damit könnten wir sogar auftreten und alte Schlager liegen im Trend." Sie sah sich begeistert um.

Die anderen nickten eifrig, auch als Mascha vorschlug. „Dann sollten wir auch ein richtiger Schlagerchor sein. Wie wollen wir uns nennen?"

Von *Die Sirenen, Oldies but Goldies, Oma singt Schlager, Die kessen Fünf* bis *Schlager-Goldies,* gab es viele Vorschläge.

Alle sahen sich fragend an, fest davon überzeugt, den besten Namen vorgeschlagen zu haben, bis sich Friedel als musikalische Leiterin um eine Entscheidung bemühte: „Das ist gar nicht so einfach. Der Name soll uns gefallen und gleichzeitig den Leuten in Erinnerung bleiben. Die Bezeichnung Sirenen ist schön, immerhin sollen sie ja in der Odysseus-Sage betörend gesungen haben. Aber wer boshaft ist, könnte diesem Namen auch einfach mit Geheul gleichsetzen. Also gestrichen. Alt, aber gut sind wir bestimmt, nur als Name passt *Oldies but Goldies* eher in die Großstadt. *Die kessen Fünf* sagt zu wenig darüber, was wir singen und *Oma singt Schlager* stimmt zwar, reißt aber keinen vom Hocker.

Mir gefällt *Schlager-Goldies* am besten. Das ist nett, das ist sympathisch, die meisten denken dann vielleicht an die Golden Girls und keiner erwartet zwanzigjährige Schlagersternchen."

„Super!" Mascha freute sich. „Dann bastele ich an meinem Computer ein bisschen Werbematerial und dann wird die Welt von den „Schlager-Goldies" hören. Sigrid, du hast gar nichts gesagt. Du bist doch nicht dagegen, oder?"

Die Angesprochene sah sie nur erschrocken an. „Ich war abgelenkt, ich habe ein Problem, das macht mich fertig und deswegen kann ich kaum an was anderes denken."

„Was hast du denn?"

„Bist du etwa krank?"

„Hast du Schulden?" Die Frauen scharten sich nach ihren Fragen eifrig um Sigrid, die ihre halblangen silbergrauen Haare ungeduldig hinter die Ohren schob, bevor sie erklärte. „Ihr kennt doch Professor Förster, der in dem gelben Haus auf der anderen Seite des Sees wohnt. Mit seiner Frau Lilian bin ich schon ewig befreundet. Jetzt liegt sie für zwei Wochen im Krankenhaus, keine schwierige Operation, aber sie muss liegen und ich habe ihr zugesagt, einmal in der Woche das Haus des Professors zu putzen."

„Na hör mal, die Leute haben doch genug Geld, um sich eine Putzfrau zu leisten." Claudia war empört. „Du bist in Rente und musst nicht mehr arbeiten."

Aber Sigrid schüttelte vehement den Kopf. „Das macht mir doch nichts aus, ich bin gerade erst 67 geworden, das ist doch noch kein Alter! Und etwas Bewegung bekommt mir gut, ich habe schon wieder 5 kg zugenommen."

„Aber das ist jetzt nicht dein Problem, oder?" Mascha klang etwas spitz, weil sie das ewige Jammern über zu viel Gewicht satt hatte, denn das endete jedes Mal in einer regelrechten Kuchen-Orgie. „Nein, das ist es nicht. Wer schon mal dort war weiß, dass im Haus des Professors mindestens so viel Kunst steht, wie in einem Museum. Aber mehr so moderne Sachen, bei denen man nicht so richtig weiß, was es sein soll. Lilian ist eine ganz bekannte Kunstsammlerin. Zu ihr kommen große Magazine, um Reportagen zu machen. Sie versucht mir jedesmal, wenn sie etwas Neues hat zu erklären, wie toll es ist, aber ich sehe einfach nicht das, was sie an diesen Gebilden so fasziniert Seit letztem Wochenende ist eine Skulptur verschwunden. Lilian weiß noch nichts davon, weil sie im Krankenhaus liegt. Mich hat bisher keiner verdächtigt, aber ich habe das ungute Gefühl, dass es nicht mehr lange dauern wird, schließlich bin ich die einzige, die außerhalb der Familie einen Schlüssel hat."

„Das reicht doch nicht aus", warf Mascha ein, aber Sigrid war noch nicht fertig.

„Wahrscheinlich sind alle noch zu sehr mit der Urenkelin beschäftigt, um mich zu verdächtigen, denn die hat den schlimmsten Anfall von Liebeskummer, den ich je erlebt habe, mit 15 Jahren! Sie wollte sich sogar das Leben nehmen, die arme Kleine. Und als wir jetzt *Cindy, oh Cindy* gesungen haben, musste ich wieder daran denken, sie heißt nämlich auch Cindy."

„Wie groß war denn diese Skulptur? Es macht ja schließlich einen Unterschied, ob man etwas vom Tisch einfach in die Tasche stecken oder ob jemand so ein Teil nur mit dem Kran wegbringen kann." Claudia fand, dass das ziemlich logisch klang und sah sich stolz um.

„Ich würde sagen, so lang wie mein Unterarm, also circa 50 cm", erklärte Sigrid, die früher Schneiderin war und sich mit diesen Maßen auskannte.

Mascha überlegte bereits eifrig. Sie hatte schon bevor sie Bibliothekarin wurde viel gelesen, besonders gerne Krimis, in denen starke Frauen ermittelten. Sie bewunderte Agatha Christies Miss Marple, die gezeigt hatte, dass eine alte Dame mit Rückenschmerzen, dank ihres klugen Kopfes, noch Mörder überführen konnte. Und am Fernseher hatte sie so oft mit der hübschen Privatdetektivin Laura Holt mitgefiebert, die den sagenhaften Remington Steel erfunden hatte, damit man sie ernst nahm. Vielleicht war es auch eher der junge Pierce Brosnan gewesen, der sie in dieser Rolle besonders begeistert hatte.

Auf jeden Fall hatte sie gelernt, dass es für Straftaten irgendwelcher Art immer ein Motiv gab, dem man nachgehen musste.

„Und war es ein bekanntes Werk? Also etwas, wonach Sammler vielleicht suchen oder eher eine Erinnerung an den Keramik-Kurs in der Volkshochschule? Wenn man das wüsste, könnte man den Fall besser bewerten und mehr herausfinden."

Aber als sie diese Richtung ansteuerte, wurde sie sofort von Friedel abgebremst. „Das ist doch nicht unsere Aufgabe, nach dem Ding kann die Polizei suchen."

„Die haben aber bisher lediglich den Diebstahl erfasst", wandte Sigrid fast verzweifelt ein. „Bisher gibt es absolut keine Ergebnisse. Vermutlich ist das Ding auch noch sehr teuer, jedenfalls sagte der Professor es sei gut versichert gewesen."

Sie nickte Mascha dankbar für ihre Unterstützung zu, denn ihr tat das Interesse der anderen Frauen gut.

„Wenn es moderne Kunst ist", begann wieder Mascha, „würde ich mal messerscharf schließen, dass das nicht jeder gleich entsprechend einschätzen kann. Bei alter Kunst gibt es klare Regeln, da kennt man den Künstler, man kennt das Jahrhundert und den möglichen Preis. Aber bei moderner Kunst wüsste ich oft nicht, ist das Kunst oder kann es weg?

Deswegen glaube ich nicht, dass es im Auftrag und für einen Sammler gestohlen wurde, sondern von jemandem der einfach damit Geld machen will und gar keine Ahnung vom echten Wert hat. Was hat denn die Polizei gesagt, was sie als nächstes machen werden?"

Sigrid schüttelte betrübt den Kopf. „Der Polizist, der das bearbeitet, hat gesagt, sie würden sich die Hehler ansehen. Aber das könnte dauern, sie hätten zu wenig Personal."

„Das dachte ich mir schon. So wird das ganz bestimmt nichts. Ihr habt doch alle schon Miss Marple gelesen?"

Die Frauen nickten überrascht. Mascha muss ein Elefantengedächtnis haben, dass sie sich noch erinnern kann, was wir früher in der Bibliothek ausgeliehen haben, überlegte Gaby und hatte fast ein schlechtes Gewissen. Hoffentlich hat sie vergessen, wie oft ich mir *Lady Chatterley* geholt habe.

Aber Mascha war schon weiter. „Erinnert euch, in wie vielen Fernsehserien heute die Frauen Straftaten aufklären. Wir Frauen können das garantiert genauso gut wie Männer oder sogar besser. Und deshalb greifen wir jetzt bei diesem Fall auch ein."

Grinsend zog sie ihr neues Notebook aus der Tasche, das von den anderen immer noch mit etwas Abwehr, aber auch mit Faszination betrachtet wurde. Dann ging sie zur Tür und rief dem Wirt zu.

„Günther, kann ich dein WLAN benutzen?"

Der lachte nur. „Mein WLAN kannst du gerne benutzen, wenn es denn geht. Früher gab es mal das Tal der Ahnungslosen, heute betrifft das ganze Landstriche."

Mascha probierte es dennoch, aber es dauerte. In der Zwischenzeit summte sie einen alten Schlager an, der ihre Denkrichtung deutlich machte und von den anderen sofort aufgenommen wurde. Mit dem Text von *Souvenirs, Souvenirs* schien es auch bei den anderen Frauen Klick zu machen und auch Mascha hatte Glück.

Nach kurzer Zeit hatte sie, was sie suchte und setzte sich zu Sigrid, um sie auf die Seite schauen zu lassen, auf der bei einem digitalen

Auktionshaus Kunstobjekte angeboten wurden. Die anderen schoben sich vorsichtig näher, um über die Schultern zu schauen, als Sigrid plötzlich aufschrie. „Da, das ist es. Für mich sieht es aus, wie ein Weinkrug mit Beinen und Hörnern."

Mascha sah kurz über das Angebot. „Da werden 300 Euro verlangt. Da scheint einer überhaupt keine Ahnung zu haben oder die Skulptur ist noch unbekannt"

Zum Vergleich zeigte sie andere Objekte mit fünfstelligen Preisen und schaute verwundert hoch, als Sigrid aufsprang und rief: „Das muss ich Professor Förster gleich mitteilen. Der wird Augen machen."

„Und dann vielleicht erst recht denken, dass du Bescheid wusstest oder es möglicherweise organisiert hast", stoppte Mascha sie gleich wieder. „Nein, ich habe eine viel bessere Idee. Aber mein Plan ist noch nicht ausgereift. Wer hätte morgen oder spätestens übermorgen Zeit, um diesen Diebstahl aufzuklären?"

Sigrid und Gaby meldeten sich sofort, während Friedel und Claudia noch Termine hatten, aber unbedingt bei der Vorbereitung dabei sein wollten.

„Ich muss meinen Enkel Max zu mir holen, weil meine Tochter fix und fertig ist. Man hat ihr erstmal eine Psychotherapie verordnet", erklärte Claudia, „aber wenn wir jetzt Miss Marple spielen, können wir ihr Problem vielleicht auch aufklären. Es gab mal so einen Schlager *Hinter ihnen geht einer,* oder so ähnlich."

„Hinter Ihnen geht einer, hinter Ihnen steht einer, drehn Sie sich nicht um!" Friedel, die wieder am Klavier saß, hatte sofort lächelnd das Lied gesungen.

„Du meinst deine Tochter wird gestalkt?" Mascha war sofort interessiert. „Das kann gefährlich werden, da muss sie sehr vorsichtig sein. Was macht der Stalker denn?"

„Bisher schickt er Blumen", grinste Claudia. „Ich hätte mich in dem Alter gefreut wie Bolle, aber seit sie in der Stadt wohnt, denkt sie immer gleich das Schlimmste. Wir waren damals noch nicht so darauf bedacht, immer gleich etwas Böses zu vermuten. Aber meine Vanessa war ein Spätling, vielleicht habe ich sie auch zu sehr behütet. Sie macht sich immer viel zu viele Gedanken. "

„Vielleicht hat sie ja auch recht", gab Mascha zu bedenken. „Halte uns bitte auf dem Laufenden, aber jetzt wollen wir erstmal unseren aktuellen Fall lösen."

Dann erläuterte sie ihre ersten Vorstellungen, die nicht nur Sigrids Augen leuchten, sondern die ganze Gruppe in Aufregung geraten ließ. Als erstes teilte sie dem Anbieter ihr Interesse mit und bat um einen Termin, an dem sie das Objekt gründlich prüfen könne. Dann besprach sie noch einige Vorbereitungen mit den anderen Chormitgliedern, die noch mehr allgemeine Hektik auslösten, als bereits am Abend ein Terminvorschlag für den kommenden Tag kam.

Erst dann begann sich Mascha Gedanken um das Gelingen ihres Projektes zu machen. Wie schafften das die taffen Frauen in den

Büchern? Kam ihnen nie vorher der Gedanke, dass alles schiefgehen könnte? *Wenn man eine Theorie hat, die alle Tatsachen berücksichtigt, dann muss sie richtig sein.* Das hatte sie bei Miss Marple oft gelesen, aber hatte sie wirklich alle Tatsachen berücksichtigt? Wer konnte denn ungesehen in das Haus des Professors kommen? Leute, die solche Wertstücke sammelten, hatten garantiert eine Alarmanlage. Brach jetzt ihr toller Plan zusammen? Noch die halbe Nacht wälzte sie sich mit solch trüben Gedanken im Bett, bis sie von einem vorwitzigen Sonnenstrahl geweckt wurde, den sie als ein gutes Zeichen für das Gelingen ihres Planes deutete.

An Nachmittag bestiegen zwei auf reich und kunstsammelnd getrimmte Damen eine Stunde vor dem Termin, ein frisch poliertes Auto und fuhren in Richtung Großstadt. Gaby lenkte den Wagen, weil ihr Auto das teuerste war und auch so aussah, während Mascha und Sigrid auf der Rückbank erfolglos versuchten, ihre Nervosität zu verbergen.

Vorher waren sie mit Hilfe aller, dem Anlass entsprechend ausgestattet worden. Mascha trug stolz das einzige Armani-Kostüm, das sie je besessen hatte. Das hatte sie sich nach der Scheidung geleistet, weil das Blau die Farbe ihrer Augen betonte und sie immer ein wenig besser aussehen ließ, als sie sich fühlte. Dazu kamen Claudias beste *Gucci*-Tasche und das tolle blaugrüne *Hermes*-Tuch, das Friedel beigesteuert hatte, um den künstlerischen Style anzudeuten, aber nicht zu übertreiben. Deshalb hatte sie auch den malerischen Schlapphut von Claudia abgelehnt, die so etwas früher getragen hatte, als sie noch in einer Galerie arbeitete.

Auch Sigrid war ähnlich, aber etwas zurückhaltender gekleidet, da sie „nur" die Assistentin zu spielen hatte. Allerdings musste sie noch einen Spezialauftrag erledigen und war dafür von Gaby ausführlich im Gebrauch der Handy-Kamera geschult worden.

Als die Erwartungsspannung fast nicht mehr zu steigern war, hielten sie endlich vor der angegebenen Adresse. Der etwas herunter gekommene Altbau wurde von ihnen eher misstrauisch betrachtet.

„Hoffentlich laufen wir nicht einer kriminellen Bande in die Hände", murmelte Sigrid und prüfte nervös, ob Gaby auch ihr Handy in Bereitschaft hatte. „Wenn wir nicht in einer halben Stunde zurück sind, musst du sofort die Polizei rufen."

„Bleib ruhig", ermahnte Mascha sie. „Das Haus sieht nicht nach einem wohlhabenden Kunstkenner aus, aber das haben wir doch vorher schon gewusst."

„Du hast recht." Sigrid nickte beklommen. „Vielleicht ist er ja nur ein armes Schwein, das dringend Geld benötigt?"

„Natürlich", höhnte Mascha, „und rein zufällig ist er dabei in das Haus des Professors geraten und die Skulptur ist in seine Tasche gehüpft? Zähme bitte deine soziale Ader, hier geht es um Diebstahl, der dir möglicherweise angelastet wird."

Nach Maschas Standpauke nahm Sigrid ihr Handy wieder entschlossener in die Hand. „Du hast recht. Lass uns den Mistkerl überführen!"

Da sie mit nervös klopfenden Herzen, grimmig blickende Bandenmitglieder erwarteten war das, was dann kam, für beide eine große Überraschung, denn die Tür wurde von einem jungen Mann geöffnet, der wie ein Engel aussah.

Oder wie man sich einen sanften, tröstlichen Engel wünschen würde, formulierte Mascha in Gedanken um, denn so schöne Männer sah man wirklich selten. Nachdem sie wieder atmen konnte, betrachtete sie die blonden Locken, die im Flurlicht hell aufleuchteten, die strahlend blauen Augen, den sanften Mund und das gut geschnittene Gesicht genauer.

Was hatte sich das Universum eigentlich dabei gedacht, ausgerechnet einen Bad Boy so wunderschön auf die Menschheit loszulassen?

Sie räusperte sich, um auf ihr Anliegen zurück zu kommen, als er sie bereits lächelnd begrüßte. Und auch noch eine Ausstrahlung zum dahin Schmelzen, das ist wirklich zu viel, grummelte sie innerlich.

Dann stellte sie sich vor und überreichte ihm ihre Visitenkarte, die sie erst am Vorabend auf ihrem Computer gedruckt hatte und auf der sie sich als Inhaberin einer Kunstgalerie bezeichnete.

„Ich lege großen Wert darauf, Angebote, die nicht direkt von ausgewiesenen Kennern kommen, selbst gründlich zu prüfen. Man kann ja nie wissen, welche Überraschung man uns schmackhaft machen will."

Sie hatte sich absichtlich etwas arroganter gegeben, da seine besondere Ausstrahlung noch immer bei ihr wirkte.

Der junge Mann, der sich als Lars Wendig vorgestellt hatte, zeigte vollkommenes Verständnis für ihr Anliegen und führte sie zu einem Tisch auf dem die Skulptur thronte, die in der Originalgröße dem Wort hässlich eine völlig neue Bedeutung verlieh.

Mascha unterdrückte einen Schauder und betrachtete die Scheußlichkeit höchst konzentriert, während Sigrid Fotos von allen Seiten machte.

Zwischendurch zog Mascha den Dieb geschickt in ein Gespräch, damit Sigrid noch mehr fotografieren konnte, als nur die Skulptur.

Während Mascha nach Fakten fragte, die sie in ihrem Kunstlexikon nachgelesen hatte, arbeitet ihr Gehirn fieberhaft, da sie erst jetzt bemerkte, dass sie bei den Vorbereitungen nicht bis zu Ende gedacht hatte.

Natürlich wollte sie das Objekt nicht kaufen, aber wenn nach ihr ein weiterer Interessent schnell entschlossen kaufte, wäre alles umsonst gewesen. Da hatte sie eine Eingebung. Sie beugte sich zu Sigrid und flüsterte in ausreichender Lautstärke: „Ich vermute, dass das ein echter Julius Bohringer ist, der ist heute kaum noch zu bezahlen. Schau nicht so auffällig hin, der muss das ja nicht mitbekommen. Wir lassen ihn noch etwas zappeln, das drückt den Preis."

Wie beabsichtigt reagierte Lars Wendig sofort und auch ziemlich überzeugend. „Meine Damen, es sieht so aus, als könnten Sie sich noch nicht entscheiden. Lassen Sie sich also ruhig etwas Zeit und schlafen Sie eine Nacht darüber. Ich bin ja auch morgen noch da, falls nicht ein besseres Angebot kommt."

Mascha und Sigrid dankten angemessen für sein Verständnis und schienen auch auf der Treppe noch über das Geschäft nachzudenken, um dann endlich im Auto in befreiendes Gelächter auszubrechen.

Dann inspizierten sie zufrieden die Fotos auf Sigrids Handy und Mascha änderte den ursprünglichen Plan notgedrungen erneut.

„Wenn du Professor Förster gleich anrufst und ihm auch das Bild der Skulptur schickst, kann er sofort Anzeige erstatten. Er soll ein wenig Druck machen, denn es muss schnell gehen, sonst ist das Teil wirklich weg. Wir setzen uns in das Café gegenüber, ich lade euch ein. Da verpassen wir nichts und genießen den Erfolg unserer ersten Ermittlung."

Professor Förster war sehr überrascht, als Sigrid ihm konkrete Angaben zum Aufenthaltsort der Skulptur machen konnte.

„Meine Frau wird sich freuen, sie hängt an diesem komischen Ding. Ich fand es eher hässlich, nur ich bin auch nicht der Kenner auf diesem Gebiet, ich zahle bloß die horrenden Preise. Aber ich rufe sofort die Polizei an und sage, es sei eilig. Und wenn ihr zurückfahrt, kommt bitte unbedingt bei mir vorbei. Ich will das ganze

Abenteuer hören und mit euch ein Glas Wein trinken."

Es dauerte noch einige Zeit, in der die Frauen neugierig am Fenster des Cafés saßen und auf den Hauseingang gegenüber starrten, bis ein Streifenwagen um die Ecke bog und die Polizisten das Haus betraten. Nach kurzer Zeit kamen weitere Autos dazu und mehrere Männer und Frauen, vermutlich zivile Ermittler, betraten das Haus.

„Warum dauert das so lange? Haben wir etwas falsch gemacht?"

Sigrid knetete nervös ihr Taschentuch, dabei hatte sie statt Kaffee nur Kakao getrunken, fühlte sich aber immer noch unruhig.

„Wir haben gar nichts falsch gemacht, aber wahrscheinlich einen Treffer gelandet, der größer ist, als erwartet." Mascha war sich ganz sicher. „Ich vermute, dass in seinen Räumen noch mehr Diebesgut lagert und die Polizei gerade mehr als eine Anzeige abschließen kann."

Sie trank genüsslich den letzten Schluck von ihrem Cappuccino und lehnte sich entspannt zurück. Das war echt ein tolles Gefühl, den richtigen Riecher und damit auch gleich Erfolg gehabt zu haben.

„Er kommt!" Gaby stürzte zum Fenster, um nichts zu verpassen, während Sigrid schnell noch ein Foto davon machte, wie der schöne Lars in Handschellen abgeführt wurde.

Während der gesamten Rückfahrt kamen die Frauen nicht zur Ruhe, sondern mussten ihre Eindrücke vergleichen und ihre Freude über das tolle Ergebnis miteinander teilen.

Professor Förster erwartete sie im Wintergarten, in dem zahlreiche exotische Pflanzen in riesigen Töpfen blühten und sie stießen gemeinsam auf den Erfolg an. „Wie kamen Sie eigentlich auf die Idee so vorzugehen, die finde ich nämlich genial."

Also erzählten Mascha, Sigrid und Gaby abwechselnd, wie und warum sie das Problem lösen wollten und welche Zusammenhänge es dabei mit dem Schlagersingen gab.

Professor Förster schüttelte währenddessen immer wieder amüsiert seine eisengraue Mähne und nickte anerkennend bei ihren Schlussfolgerungen. „Natürlich hat niemand von uns Sigrid verdächtigt. Wir sind dir so dankbar, dass du uns nicht verkommen lässt, aber der Schlagerchor interessiert mich auch aus einem anderen Grund. Trauen Sie sich eigentlich schon einen Auftritt zu?"

„Ja, sicher!" Mascha nickte total überzeugt von ihrem Können, während Sigrid etwas vorsichtiger war. „Woran hattest du denn gedacht? Hoffentlich kein Großereignis."

Der Professor schlug seinen Terminkalender auf. „Mein Studienseminar hat nächstes Wochenende Klassentreffen und da ich alles organisieren muss, findet es hier auf dem Grundstück statt."

Er beugte sich zu Sigrid. „Du kennst doch unsere Partyscheune, die hat sogar eine kleine Bühne und ein Auftritt mit alten Schlagern wäre der absolute Höhepunkt. Die Teilnehmer sind alle mein Jahrgang und haben gute Erinnerungen an die Musik der 50ger und 60ger Jahre. Würde das zu diesem Zeitpunkt gehen?"

Wieder nickten alle drei, sehr von sich überzeugt und grinsten sich erfreut an. Was für eine fantastische Wendung für ihren Chor, erst zwei Jahre lang Trockenzeit und jetzt als Schlager-Chor sofort einen Auftritt!

So könnte es eigentlich weitergehen, überlegte Mascha, als ihr noch etwas einfiel. „Da ist noch eine Frage, die nicht geklärt ist. Wie konnte jemand ins Haus kommen und die Skulptur stehlen, Sie haben doch sicher eine Alarmanlage, wenn Sie mal nicht zuhause oder verreist sind?"

Professor Förster nickte. „Das hat die Polizei auch mehrfach gefragt, ich habe keine Ahnung. Normalerweise ist immer jemand hier, meine Frau, ich oder meine Urenkelin. Aber bevor meine Frau in die Klinik musste, waren wir noch am Wochenende verreist. Da war die Kleine allein hier. Eigentlich wollte ihre Mutter kommen, nur da streikten wieder mal die Fluglotsen in New York. Aber soweit ich weiß, hat die Kleine nichts Verdächtiges bemerkt."

Sigrid, die ihre eigenen Erfahrungen mit Enkeltöchtern hatte, nickte nur verständnisvoll. „Ich schau mal rasch nach ihr."

Als sie an Cindys Tür klopfte, ertönte nur ein jämmerliches „Lasst mich bloß alle in Ruhe."

Da Sigrid schon eine konkrete Vermutung hatte, ließ sie sich davon nicht abschrecken und betrat das Zimmer. Das Mädchen lag in Jogginghose und Shirt auf dem Bett, die langen, blonden Haare dramatisch auf dem Kissen ausgebreitet und die Augen immer noch vom Weinen gerötet. Sie richtete sich halb auf. „Tante Sigrid, was machst du denn hier?"

Die lächelte nur. „Ich wollte nach dir sehen. Wie geht es dir denn, meine Kleine? Immer noch schlimm?"

Und als Cindy nur matt nickte, nahm sie sie einfach in den Arm. „Dann wird es dich vielleicht beruhigen, dass wir die Skulptur, die deine Großmutter so mag, wiedergefunden haben. Oder besser, wir wissen sogar, wer sie gestohlen hat."

„Wer denn?" So richtig interessiert hörte sich Cindy nicht an.

Das änderte sich aber schlagartig, als ihr Sigrid das Foto auf ihrem Handy zeigte. Cindy schoss von ihrem Bett hoch. „Niemals, das kann doch nicht sein!"

Aber Sigrid nickte nur. „Doch meine Kleine, er hat die Skulptur gestohlen und wollte sie heute meiner Freundin und mir für 300 Euro verkaufen. Inzwischen hat ihn die Polizei festgenommen, weil er schon öfter gestohlen hat. Er ist ein Dieb, aber er sieht einfach toll aus."

„Ja." Cindy lächelte sehnsüchtig. „Und ich dachte, er liebt mich wirklich. Dabei hat er mich nur benutzt, so ein Blödmann! Und hat uns auch noch bestohlen, das ist wirklich das Letzte!"

Wütend warf sie ihr Handy zur Seite, auf das sie bisher hoffnungsvoll gestarrt hatte. Sigrid, die ihre Vermutung bestätigt sah, fragte vorsichtig weiter. „Also war er an dem Wochenende hier, als deine Grannies verreist waren?"

Cindy nickte, aber nicht mehr betrübt, sondern wütend. „Es war wirklich toll, aber dann hat er sich einfach nicht mehr gemeldet. Ich dachte, ich hätte ihn verloren, weil ich einen Fehler gemacht habe oder noch nicht so erfahren bin, aber der wollte sich einfach nur die Taschen füllen, dieser miese Idiot. Wenn Liebe so ist, dann verliebe ich mich nie wieder!"

Sigrid lächelte verständnisvoll, so etwas hatte sie auch schon mal irgendwann geschworen. „Er war halt nicht der Richtige. Lass dir Zeit, irgendwo ist bestimmt einer, der genau zu dir passt. Da bin ich ganz sicher. Und ist der Liebeskummer jetzt erledigt?"

„Ja, Tante Sigrid. Das hat sich garantiert nicht gelohnt."

Natürlich mussten Mascha, Sigrid und Gaby nach der nächsten Chorprobe jede Einzelheit des aufregenden Nachmittags als Galeriebesitzerinnen, der zur Festnahme des Diebes geführt hatte, ausgiebig erzählen. Wie bei jeder richtigen Feier gab es Kaffee und Kuchen, denn Professor Förster hatte Mascha noch einen Schein zugesteckt, der für diesen Zweck sehr großzügig war.

Nach den Informationen, die er inzwischen von der Polizei erhalten hatte, lag Mascha mit ihrer Theorie auch richtig. Lars Wendig war kein Kunstkenner, sondern eher ein Gelegenheitsdieb, der sich um Mädchen und Frauen bemühte, deren Adressen in einer guten Gegend lagen und so stahl er seine „Souvenirs", wie er sie nannte zufällig, mal eine wertvolle Kette, mal die Erstausgabe eines Buches, eine Miniatur oder auch diese hässliche Skulptur.

„Und wir hatten vor dem Haus noch Angst, dass uns irgendwelche Typen mit finsteren Blicken und Tätowierung erwarten und dann öffnet uns ein gefallener Engel", erklärte Mascha lächelnd und zeigte den anderen die Fotos.

„Dieser Mann hatte wirklich die schönsten blauen Augen, die ich je gesehen habe, dunkel glänzend wie Samt, die aber an einen Typen wie ihn, wirklich verschwendet waren", ereiferte sich Sigrid.

„Er hat der kleinen Cindy die große Liebe vorgespielt, nur um sich die Taschen zu füllen. Schon alleine dafür müsste er hängen! Aber zum Glück ist der Liebeskummer jetzt vorbei."

Nach dieser Einschätzung zog es Friedel sofort ans Klavier. Und so klang der erste aufregende Einsatz der „Schlager-Goldies" mit der passenden Schlussfolgerung aus: *Liebeskummer lohnt sich nicht, my Darling, schade um die Tränen in der Nacht. Liebeskummer lohnt sich nicht, my Darling, weil schon morgen dein Herz darüber lacht.*

Erpressung im Bio-Apfelhof

Wir, wir beide sind nicht Romeo und Julia, die beiden die man vom Theater kennt… - 1967- gesungen von Peggy March

Mascha Nussek war wie immer am Dienstag auf dem Weg zur wöchentlichen Probe des Chores, der sich jetzt „Schlager-Goldies" nannte und seitdem viel mehr Spaß hatte.

Ihr Vorschlag endlich mal etwas anderes zu singen, hatte die anderen vier Frauen begeistert und aus der jahrelangen Lethargie gerissen. Darüber freute sich Mascha ganz besonders. Endlich passierte etwas, endlich kamen Dinge so in Gang, wie ihr das schon lange vorschwebte. Während sie wie immer beim Gehen registrierte, wer etwas an seinem Haus oder seinem Vorgarten verschönert hatte oder wo etwas im Argen lag, wanderten ihre Gedanken schon wieder auf neuen Wegen.

Seit sie das Repertoire des Chores geändert hatte, wartete sie noch immer ungeduldig auf Auftritts-Anfragen für Sommer- und Herbstfeste, denn obwohl die gravierenden Veränderungen im Ort schnell die Runde gemacht und bestimmt auch die Nachbargemeinden erreicht hatten, tat sich noch nichts.

Sie stoppte ihre Gedanken und ihr Eiltempo, um sich bei der alten Frau Krause nach ihrem Rheuma zu erkundigen, das jetzt im Sommer zum Glück deutlich besser war. Nach einem kurzen Plausch ging sie weiter. Das war für sie das Schöne an einem Ort, der zwar zur nächstgrößeren Stadt gehörte, aber immer noch Dorf geblieben war. Man kümmerte sich umeinander, man sorgte füreinander, aber leider war man auch neugieriger und tratschte deutlich mehr als anderswo.

Seit sie mit den anderen Frauen aus dem Chor den Diebstahl der Skulptur aus dem Haus des Professors aufgeklärt hatte, schrieb man ihr ähnliche Qualitäten zu, wie der berühmten Miss Marple von Agatha Christie und war überzeugt, dass sie mindestens genauso viel herausfinden könnte.

Sie war danach schon zweimal angesprochen worden einen Fall aufzuklären, was sie als netter Mensch natürlich auch tat. Einmal fehlten bei einer Familie ständig Eier im Hühnerstall und man verdächtigte mittlerweile schon die Nachbarn.

Aber Mascha hatte nach einem kurzen Blick auf die Eierschalen hinter der Hundehütte, den Übeltäter schnell herausfinden können. Der zweite Fall war noch harmloser, weil die alte Frau Müller, die fast die 100 erreicht hatte, ihre Zahnprothese nur versehentlich im Gefrierfach vergessen hatte.

Mascha lächelte, wenn sie daran dachte. Das waren harmlose Fälle, die ihr aber einen Nimbus verschafften, der ihr fast peinlich war. Wenn schon so ein Wirbel gemacht wurde, dann doch bitteschön, wenn sie wirklich ein richtiges Verbrechen aufgeklärt hätte.

Aber erst einmal hatte sie anderes zu tun. Am Wochenende stand ihr Auftritt beim Klassentreffen von Professor Förster an, also mussten sie die Lieder so lange üben, bis sie absolut perfekt klangen. Wer wollte sich denn schon beim ersten Auftritt blamieren? Sie ganz bestimmt nicht!

Als sie auf den „Dorfkrug" zuging, in dessen Hinterzimmer sie regelmäßig übten, fiel ihr wieder die heruntergekommene Fassade ins Auge. Da müsste auch unbedingt etwas geschehen. Sonst blieb von dem schönen Dorf nicht viel übrig, das sie sich ganz bewusst als ihren Wohnsitz im Alter ausgewählt hatte.

Als sie den Gastraum betrat, saßen schon eine ganze Reihe älterer Frauen und Männer bei Kaffee oder Bier, lächelten ihr zu und freuten sich offensichtlich schon auf ein Gratis-Konzert.

Günther, der Gastwirt, begrüßte sie ebenso erfreut. Auch er wusste genau, weshalb er am Tag der Chorprobe volles Haus hatte.

Im Hinterzimmer war es dagegen ruhig. Die Frauen, die es sonst kaum erwarten konnten loszulegen, saßen um Friedel herum und schienen ein riesiges Problem zu wälzen.

„Was ist denn mit euch los, wir haben doch allen Grund, uns auf einen tollen Auftritt zu freuen. Ich hoffe, ihr habt eure Petticoats schon gebügelt und bereit gelegt."

„Mir fällt es echt schwer, jetzt zu singen oder fröhlich zu sein", begann die weißhaarige Friedel und unterdrückte ihre Tränen.

„Aber du bist vielleicht die Rettung? Wenn du diesen Fall lösen könntest, das wäre wirklich für mich und meine Familie eine große Erleichterung. Die Sache mit der Skulptur hast du doch auch ganz fix hingekriegt."

Mascha legte ihre Liedermappe zur Seite und setzte sich vorsichtig, immer darauf bedacht, den neuen Leinenrock nicht übermäßig zu knittern. Das hatte sie sich auch anders vorgestellt. Alle schwärmten von Leinen, es kostete eine Menge Geld und dann sah man aus, als hätte man drei Tage darin geschlafen. „Dann erzähle, aber von Anfang an."

Friedel hielt immer noch ihr Taschentuch bereit, um die Tränen notfalls zu trocknen. Dann berichtete sie mit leiser Stimme, immer wieder von den anderen unterbrochen.

„Meine Enkelin Franzi und ihr Mann haben einen großen Apfelhof im Umland. Da machen sie aus Äpfeln alles Mögliche: Saft, Wein, Mus und verschiedene Aufstriche. Sie bäckt auch Apfelkuchen, macht Apfelchips und noch einige Sachen, alles streng Bio. Sie haben sogar dieses EU-Bio-Siegel, aber damit fingen die Probleme an. Erst bekamen sie anonyme Briefe, in denen sie als Verräter an den übrigen Obstbauern beschimpft wurden und jetzt werden sie sogar erpresst."

„Aber wieso denn?", wunderte sich Mascha. „Dieses EU-Bio-Siegel ist doch eine gute Sache."

„Du kommst aus der Stadt, deshalb verstehst du das nicht", mischte sich die rothaarige Claudia ein. „Die Leute, die das Bio-Siegel haben, können höhere Preise verlangen und werden heute von den meisten Einkäufern auch bevorzugt. Das bedeutet aber, dass die anderen dann oft ausgebootet werden. Und wenn das mehrere Familien betrifft, schießen die irgendwann zurück."

„Aber die könnten doch auch auf Bio umstellen", beharrte Mascha, „das ist doch so gewollt."

„Ja, sicher, nur die Kriterien für dieses Siegel sind sehr streng und werden auch regelmäßig geprüft. Manche können sich nicht umstellen und viele wollen es auch nicht."

Friedel klang immer noch mutlos. „Dieser Kampf um die Bio-Äpfel geht schon eine Weile, aber dass es bis zu einer Erpressung geht, das ist neu. Franzi hat solche Angst, dass sie aufgeben müssen und noch haben sie den Kredit für die neue Abfüllanlage nicht abbezahlt."

Mascha überlegte einen Moment, dann fiel ihr etwas auf. „Was fordern die Erpresser denn? Wollen Sie Geld?"

Friedel schüttelte sofort den Kopf. „Nein. Sie verlangen, dass Franzi das EU-Bio-Siegel bis zum Ende des Monats freiwillig zurückgibt, sonst würde etwas Schlimmes passieren. Und das ist doch schon nächste Woche."

„Und die Polizei?"

Wieder schüttelte Friedel den Kopf. „Natürlich sind sie mit dem Erpresserbrief zur Polizei, aber die haben es als Streich von Jugendlichen abgetan. In dem Brief wird kein Geld verlangt, Franzi und ihr Mann werden nicht mit irgendetwas bedroht, also kann es keine Erpressung sein. Und deswegen passiert von ihrer Seite aus auch überhaupt nichts. "

Während Friedel sich noch in Rage redete, hatte Mascha eine Idee, die zwar noch nicht genügte, aber durchaus ausbaufähig war. Da würde sie weiter nachdenken müssen. „Den Apfelhof bewirtschaftet deine Enkelin nur mit ihrem Mann?"

„Nein, da ist auch noch Julia, meine Urenkelin, aber die macht noch die Ausbildung, sie ist ja erst 17."

„Und gibt es jemanden, der auf ihrer Seite ist? Oder ist der gesamte Ort gegen sie?"

„Das weiß ich nicht so genau, früher waren sie gut mit ihren Nachbarn befreundet, aber jetzt nicht mehr. Julia und der Jonas von nebenan haben immer zusammengespielt, ihre Eltern haben zusammen gefeiert. Was dann schief gegangen ist, weiß vermutlich keiner mehr."

Schon diese wenigen Informationen ließen Maschas Gehirnwindungen fast aufleuchten, so viele Ideen schossen durch ihren Kopf. Als sie die anderen jetzt der Reihe nach musterte, funkelten ihre dunkelblauen Augen schon wieder unternehmungslustig, sie schob eine Strähne ihres braunen Bobs hinter das rechte Ohr und strahlte sie an. „Mädels, wir greifen wieder ein und übernehmen diesen Fall! Ich arbeite einen Plan aus und stimme mich dann mit euch ab. Und auf jeden Fall, Friedel, muss ich ausgiebig mit deiner Enkelin telefonieren, aber jetzt lasst uns erstmal das Programm für das Klassentreffen üben."

Die klare Ansage und die Aussicht auf eine Lösung des Problems, besänftigte die Gemüter und als Friedel dann am Klavier saß, klangen die Stimmen der „Schlager-Goldies" wieder erstaunlich klar und bei diesem Titel auch fast prophetisch: *Ich weiß was, ich weiß was, ich weiß was dir fehlt.*

Und so wurde auch der Auftritt zum Klassentreffen bei Professor Förster ein voller Erfolg. Die Partyscheune war geschmückt, wie zu einem Erntefest. Da hatten Lilian Förster und Sigrid ganze Arbeit geleistet. Große Strohballen dienten als Sitzgelegenheiten, die Holzbalken waren mit Blumen und Lichtern verschönt und vom Grill duftete es bereits verführerisch.

Alle fünf Sängerinnen hatten sich in weite bunte Röcke mit Petticoats geworfen, die Sigrid, die gelernte Schneiderin, angepasst, geborgt oder neu genäht hatte. Breite, elastische Gürtel erzeugten ein Gefühl von schmaler Taille, auch wenn die nicht mehr vorhanden war. Aber das tat der Freude, mit der sie an diesen Auftritt herangingen keinen Abbruch.

Schon die Tatsache, dass sie sogar eine kleine Bühne und eine Mikrofon-Anlage hatten, ließ sie sich noch mehr als echte Künstlerinnen fühlen. Nur die Aufregung machte einigen doch zu schaffen.

„Ich weiß ja, dass wir nicht schlecht sind", jammerte Gaby. „Aber das sind alles Professoren!"

„Na und!" Mascha fasste sie an den Schultern und schüttelte sie leicht. „Denkst du die singen besser als wir?"

Jetzt grinste Gaby. „Nein, auf keinen Fall, das habe ich gehört."

Mascha musste auch lachen, denn dass Professor Förster keinen Ton halten konnte, war schon mal Dorfgespräch gewesen. Damals hatte er nur unter der Dusche gesungen, während die Postfrau beim Betreten des Hauses glaubte, eine Hyäne sei ausgebrochen.

„Da siehst du es. Also brauchen sie uns, weil wir auf diesem Gebiet Spitze sind. Wir sind heute die Stars!"

Bei *Gitarren klingen leise durch die Nacht,* klangen auch ihre Stimmen noch etwas leise, übertönten aber ihr Herzklopfen immer noch deutlich. Dann bei *Immer will ich bei dir sein* und *Aber dich gibt's nur einmal für mich,* waren sie beim Singen schon wie berauscht, auch weil die ganze Partyscheune begeistert mitsang und fast alle Titel wiederholt werden mussten.

Als sie zum Schluss noch als 5. Zugabe *Das war mein schönster Tanz mit dir* sangen, wollten die Gäste sie immer noch nicht gehen lassen. Professor Förster strahlte als erfolgreicher Gastgeber mit ihnen um die Wette und begleitete sie noch galant zu den Autos, mit denen sie zurückfuhren.

Natürlich musste dort alles gleich ausgewertet werden. „Habt ihr gesehen, wie begeistert die Leute waren?" Sigrid konnte sich kaum beruhigen. „Sie haben uns behandelt, als kämen wir vom Fernsehen. Das war richtig toll!"

„Und toll ist auch unser Honorar", ergänzte Mascha.

„Aber darüber reden wir am Dienstag weiter."

Für den Rest des Wochenendes las sich Mascha in die Probleme und Anforderungen der biologischen Obst-Produktion ein, prüfte die gesetzlichen Möglichkeiten und telefonierte lange mit einem sehr guten Bekannten, der in der zuständigen Stadtverwaltung saß. Da beide sehr angenehme Erinnerungen aneinander hatten, durfte sie ihn auch an einem Sonntag stören. Die etwas gewagten Komplimente von ihm, nahm sie gelassen entgegen und war sehr zufrieden mit den fachlichen Auskünften zu Fördermitteln der EU, die ihr viele Handlungsmöglichkeiten boten.

Am nächsten Tag rief sie Friedels Enkelin an und informierte sie über den Plan, den sie vorbereitete. Sie und eine weitere Frau würden als Vertreterinnen einer EU-Behörde die jährliche Überprüfung der Kriterien für das Bio-Siegel vornehmen und zwar genau am Monatsende. Mascha erhoffte sich dadurch die Gegenseite zum Handeln zu zwingen, um so den Saboteur zu erwischen.

Franzi war zwar begeistert über ihre Hilfe, tat sich aber schwer damit, alles sogar vor der eigenen Familie geheim zu halten, aber Mascha bestand darauf.

„Ich kann mir vorstellen, dass das nicht leicht für Sie ist, aber nur so kann mein Plan gelingen."

Aus Erfahrung wusste sie, dass es immer eine Schwachstelle gab und die konnte in diesem Fall den ganzen Plan scheitern lassen.

„Ich bin einverstanden, weil ich einfach wieder meine Ruhe haben will", stöhnte Franzi endlich. „Früher waren wir sogar mit den beiden Brüdern vom Apfelhof Wiesner befreundet, es sind ja unsere Nachbarn, aber jetzt ist es als ob die Luft zwischen uns vergiftet wäre. Das muss ein Ende haben, so oder so. Ich bin wirklich froh, dass Sie das übernehmen, Omi hält sehr viel von Ihnen."

Am Dienstag informierte Mascha dann die anderen und kündigte ihr Vorhaben an, wie Egon von der Olsen-Bande: „Mädels, ich habe einen Plan!"
Die blonde Gaby stutzte kurz und rief dann grinsend. „Mächtig gewaltig, Mascha!"
Der folgende kleine Lacher lockerte die Stimmung auf und alle lauschten ihren Erläuterungen. Natürlich waren einige enttäuscht, nicht selbst in vorderster Front zu sein, aber hier ging es vor allem darum, glaubhaft zu bleiben.
Zur Entschädigung sangen sie dann passende Schlager, wie *Beiß nicht gleich in jeden Apfel, er könnte sauer sein, Rot wie die Kirschen, ist unsre Liebe* oder *Die süßesten Früchte fressen nur die großen Tiere.*"
Als die Frauen nach der Probe noch kurz zusammen saßen, erkundigte sich Mascha nach dem Stalker in Claudias Familie.
Aber die zuckte nur mit den Schultern. „Für mich sieht das alles immer noch harmlos aus, aber Vanessa macht sich solche Sorgen,

dass mein Enkel Max schon überlegt hat, sich auf die Lauer zu legen. Ich habe ihm zwar davon abgeraten, aber seit ich ihm von unserem ersten Fall erzählt habe, will er unbedingt Detektiv werden und hält sich auch schon für einen zweiten Sherlock Holmes."

Am nächsten Tag begann der angekündigte Einsatz auf dem Apfelhof, der von allen mit Spannung erwartet wurde. Wie vereinbart hatte Franzi ihrer Familie nur mitgeteilt, dass kurz vor dem Termin, der in dem Erpresser-Schreiben genannt wurde, noch eine angemeldete Überprüfung stattfinden würde und dass zwei Kontrolleurinnen von der EU avisiert seien. Sie habe ihnen eine der Ferienwohnungen angeboten, damit die Überprüfung gleich morgens früh stattfinden könne.

Also erschienen Mascha und ihre „Assistentin" Sigrid zum vereinbarten Termin in ihrer besten Bürouniform und mit entsprechend strengen Mienen. Mascha trug wieder ihr gutes Armani-Kostüm, denn von dem Leinenrock hatte sie sich leichten Herzens wieder verabschiedet. Sigrid, die die Rolle der Assistentin schon vom letzten Fall kannte, hatte sich wieder ganz in Schwarz gekleidet. Neugierig sahen sie sich auf dem Gelände um.

„Ich war noch nie auf einem Apfelhof", erklärte Mascha und ließ ihre Blicke über das Haus schweifen, das dem Eingang am nächsten lag. „Ich hatte mir das alles viel größer vorgestellt und Apfelbäume sehe ich auch nicht."

„Na ja, vielleicht sind die Grundstücke nicht breit, sondern eher lang und schmal."

Mascha nickte zustimmend zu Sigrids Einschätzung, denn als sie näher traten, konnten sie die geschickte Aufteilung des Grundstücks besser erkennen. Neben dem Wohnhaus gab es weitere Gebäude, in denen wohl produziert wurde, die aber durch die spitzen Dächer nicht wie typische Produktionshallen aussahen.

Rechts gab es weitere Gebäude, vermutlich die Ferienwohnungen, wie ihr Franzi am Telefon erklärt hatte, davor war noch ein Hofladen und dahinter erstreckten sich viele Tausende Meter weiter die Apfel-Plantagen. Mittlerweile hatte Franzi wohl ihre Ankunft bemerkt und eilte herbei, um sie zu begrüßen.

Mascha und Sigrid lächelten als ihnen die kleine Frau im Sturmschritt entgegen kam, denn sie schien tatsächlich die jüngere, schwarzhaarige Kopie von Friedel zu sein. Schon deshalb war sie beiden von Anfang an vertraut.

Als sie sie zuerst in ihrer Ferienwohnung unterbrachte und dann in der Anlage herumführte konnte Mascha gar nicht aufhören, alles zu bewundern. Obwohl jeden Tag mit frischem Obst gearbeitet wurde, war alles piecksauber und der Hofladen einfach ein Traum. Am liebsten hätte sie alles genau betrachtet und ausgiebig eingekauft, besann sich aber dann wieder auf ihren Auftrag.

„Mich interessieren die Schwachstellen", begann sie. „Wo wäre am ehesten mit einem Anschlag zu rechnen?"

Franzi überlegte nicht lange. „Ich glaube nicht, dass uns jemand den Hof anzündet. Da ist die Gefahr des Funkenflugs viel zu groß, im Nu wären auch die Nachbarhäuser erledigt und da wohnen die Wiesners selbst und andere, die sich ja als meine Gegner betrachten. Ich weiß nicht, ob ich so denken kann wie die Erpresser, aber ich vermute, dass es bei einem Anschlag nur um die Abfüllanlage gehen kann. Wenn jemand dort nur einen Tropfen von irgendetwas einfüllt, selbst wenn es ein harmloser Farbstoff wäre, sind wir raus aus dem Geschäft, denn bei Bio sind keinerlei Zusatzstoffe erlaubt. Ich könnte den Apfelsaft sogar noch verkaufen, wäre aber das EU-Bio-Siegel los.“

Mascha betrachtete interessiert das riesige Geflecht silberner Rohre in der größten Halle. „Ich sehe hier eine Möglichkeit etwas einzufüllen. Gibt es noch mehrere?“

„Ja, es gibt insgesamt drei, aber alle befinden sich hier in dieser Halle. Von außen wäre irgendein Störmanöver unmöglich.“

„Gut, dann verfahren wir so wie abgesprochen. Sie haben doch keinem etwas gesagt?“

Franzi hob die Finger wie zum Schwur. „Wirklich keinem, obwohl mir das sehr schwer gefallen ist. Aber ich glaube meine Tochter vermutet etwas. Sie macht gerade die Ausbildung zur Fruchtsafttechnikerin und kennt sich schon besser aus als ich. Das ist sie übrigens, dort an der Steuerung.“

Mascha sah interessiert hinüber zu der schlanken, jungen Frau, wendete sich dann aber wieder zu Franzi. „Das Risiko müssen wir eingehen, drücken Sie uns die Daumen und spielen Sie bitte einfach ihre Rolle in der Familie weiter."

Mit diesen mahnenden Bemerkungen verabschiedete sich Mascha und zog sich mit Sigrid zum Abendessen in eine Gaststätte in der Nähe zurück.

Danach warteten sie in der wirklich hübschen Ferienwohnung endlos bis es dunkel wurde und sie in warme Trainingsanzüge gepackt, unbemerkt in die Abfüllhalle schleichen konnten. Nach einigem Suchen hatten sie eine Ecke gefunden, von der aus sie die gefährdeten Stellen an der Abfüllanlage noch immer gut im Blick hatten. Sigrid suchte zwar zuerst noch den Boden nach unliebsamen Mitbewohnern ab und zuckte bei jedem Knacken im Gebälk zusammen, aber dann trat Ruhe ein.

„Wir müssen hier bestimmt noch ewig warten", begann Sigrid, „kann ich dich etwas fragen?"

„Natürlich!" Mascha konnte Sigrids Gesicht im Dunkeln nicht genau sehen, spürte aber ihre Verlegenheit. „Worum geht es denn?"

„Glaubst du, dass man sich in unserem Alter noch an einen anderen Mann gewöhnen kann oder gibt es da so etwas wie ein Verfallsdatum?"

Mascha hatte Mühe nicht zu kichern, nahm aber die Frage sehr ernst. „Hast du jemanden kennengelernt?"

Sigrid lachte etwas nervös. „Ja und Nein. Carsten und ich waren mal ein Paar, damals als ich 16 war, er war ein Jahr älter. Aber meine Eltern hatten etwas gegen ihn. Na ja, er hat damals auch viel Ärger gemacht und mein Vater war Polizist. Also wurde ich zu meiner Tante an die Küste geschickt und dort habe ich auch meine Schneiderlehre gemacht. Dann habe ich mich neu verliebt und geheiratet. Damit war dieses Kapitel eigentlich für mich abgeschlossen."

„Aber jetzt hast du deine Jugendliebe wieder getroffen?"

„Mein Mann ist jetzt schon mehr als zehn Jahre tot und ich hätte garantiert nicht nach einem neuen Partner gesucht, aber neulich war ich mit einer Bekannten in der Stadt bummeln und zum Abschluss noch einen Kakao trinken. Und plötzlich stand er vor mir. Ich dachte mein Herz bleibt stehen. Er sieht immer noch so toll aus wie früher, du weißt was ich meine. Selbstverständlich ist er auch älter geworden, aber Männer sehen mit Falten erst richtig interessant aus."

„Und habt ihr euch verabredet?"

„Ich wollte erst nicht, aber der Mann hat eine Ausstrahlung, die könnte die Hormone einer Nonne in Wallung bringen, meine sowieso. Also sind wir anschließend noch durch den Park spaziert. Und da war es echt wie früher. Ich bin eine gestandene Frau, aber bei ihm hatte ich Herzrasen und feuchte Hände, dass ich schon dachte, hoffentlich brauche ich keinen Notarzt. Ich habe die ganze Zeit nur gedacht: Lass mich jetzt bloß nicht umkippen!"

„Und wie hat er reagiert?"

„Er sagt, das Wiedersehen habe ihn regelrecht umgehauen. Carsten war auch verheiratet und hat einen Sohn, dem das Café gehört, aber er ist schon sehr lange geschieden und sagt er habe mich nie vergessen können."

„Aber das ist doch schön, dass ihr jetzt selbst entscheiden könnt, ob mehr daraus wird oder nicht." Mascha drückte begütigend Sigrids Hand. Aber die war ihre Hauptsorge noch nicht los.

„Er will mich am Wochenende besuchen, aber…"

„Da brauchst du dir keine Sorgen zu machen, das ist wie Radfahren. Das verlernt man nicht."

Sigrids beruhigte Seufzer zeigten Mascha, dass ihre Empfehlung genau richtig und angekommen war. Sie lehnte sich mit dem Rücken an ein Maschinenteil, von dem sie hoffte, dass es stabil genug war. Sie hatten sich zwar mit dicken Sitzkissen und großen Stabtaschenlampen auf eine lange Nachtschicht vorbereitet, aber sie schien sich wirklich endlos lange hinzuziehen.

„Ich vermute, bei der hübschen Julia könnten die Eltern auch etwas dagegen haben, denn der Romeo wohnt vermutlich nebenan."

„Wie kommst du denn darauf?" Sigrid wollte gerade weiter fragen, als Mascha ihr warnend die Hand vor den Mund hielt. Es schien loszugehen!

Sie hatte nur ein Knacken gehört, aber plötzlich öffnete sich die Eingangstür ganz leise und sehr vorsichtig. Sie quietschte nicht einmal und beinahe hätten sie verpasst, dass sie in der Halle nicht mehr alleine waren.

„Jonas, wo bist du?", flüsterte jemand.

Mascha lugte vorsichtig um die Ecke und erkannte Julia, die Tochter von Franzi. Da sich die junge Frau immer noch suchend umschaute, zogen sich Mascha und Sigrid so weit wie irgend möglich in Richtung Wand zurück.

Kurze Zeit später öffnete sich die Eingangstür erneut und vermutlich erschien eine zweite Person, denn Mascha hörte anschließend eindeutig Kuss-Geräusche.

Als sie wieder etwas näher kroch, konnte sie im Zwielicht einen jungen Mann erkennen und auch hören. Die beiden stritten wegen etwas, aber Mascha konnte sich noch keinen Reim darauf machen. Suchten die beiden nur einen Platz für ein Schäferstündchen und machten damit ihren schönen Plan zunichte? Oder ging es um etwas, das viel wichtiger war?

„Ich habe mich entschieden", raunte der junge Mann. „Sollen sie mich doch rauswerfen, sollen sie mich doch enterben! Ich will euch keinen Schaden zufügen, ich liebe dich und will dich später heiraten. Und das müssen unsere Familien endlich begreifen."

„Aber ich möchte nicht, dass du dir deine Zukunft verbaust. Lieber setze ich die Anlage selbst außer Kraft und wenn die Kontrolle morgen nicht stattfinden kann, dann kann dich deine Familie auch nicht enterben. Ich mache das jetzt einfach."

Aber bevor Franzis Tochter in die Nähe der Schalter kam, ließ sie ein scharfes „Stopp!" von Mascha stocken.

Entsetzt sah sich das verhinderte Liebespaar an, als die beiden „Kontrolleurinnen" hinter der Steueranlage auftauchten.

„Kinder, so geht das doch nicht! Das ist keine Lösung, sondern macht alles nur noch schlimmer. Die Anlage muss unbedingt intakt bleiben, um alles andere werden wir uns gemeinsam kümmern. Aber zunächst: Wir sind keine Kontrolleurinnen. Wir ermitteln in dem Erpressungsfall und sind von deiner Uroma Friedel beauftragt. Sie will, dass der Hof bleibt, dass ihr das Bio-Siegel behaltet und eine Zukunft habt. Sie will aber auch, dass ihr beide glücklich werden könnt. Die Nacht ist noch lang und wir haben Zeit. Also erzählt uns alles, was genau solltest du tun, Jonas?"

Mascha setzte sich absichtlich so auf den Boden, dass niemand an ihr vorbeikam und wartete.

Nachdem beide miteinander geflüstert und offensichtlich etwas Vertrauen gefasst hatten, holte der junge Mann tief Luft und zog ein Fläschchen aus der Tasche.

„Ich sollte davon etwas in die Abfüllanlage tropfen, das ist künstlicher Süßstoff und bei jeder Kontrolle sofort feststellbar. Natürlich wollte ich das nicht machen, aber mein Vater und mein Onkel sind sowas von verbohrt. Sie werden erst Ruhe geben, wenn Franzis Hof weg vom Fenster ist."

„Es ist nicht seine Schuld", nahm Julia ihn sofort in Schutz. „Wir machen die Ausbildung gemeinsam und wenn es nach Jonas gehen würde, hätten sie schon längst auch Bio, aber die zwei Querköpfe wollen einfach nicht und haben gedroht ihn zu enterben, wenn er weiter mit mir zusammen ist."

Nachdem Mascha das Fläschchen an sich genommen hatte, forschte sie weiter nach. „Wann hat denn das Ganze begonnen? Deine Mutter hat mir gesagt, die beiden Familien seien früher befreundet gewesen."

„Stimmt, deswegen sind wir ja fast gemeinsam aufgewachsen. Wann wurde das anders?" Julia sah Jonas fragend an.

Der schüttelte nur den Kopf. „Noch so eine alte Sache. Ich glaube, dass alle beide, mein Vater und mein Onkel, in Franzi verliebt waren. Dann hat sie einen anderen geheiratet und ein paar Mal bessere Geschäfte gemacht und als die beiden noch über Bio gegrübelt haben, hatte sie schon gehandelt. Das war zu viel für sie, das haben sie ihr nie verziehen."

„Wenn ich das richtig verstehe, hättet ihr auf eurem Hof schon längst biologisch produzieren können?" versicherte sich Mascha bei Jonas. Als der nur nickte, überlegte sie weiter. „Und was ist mit den anderen? Die Gegenstimmung kommt doch nicht nur aus deiner Familie?"

Jonas winkte ab. „Das meiste sind nur Mitläufer, die machen was mein Vater und mein Onkel angeben."

„Und deine Mutter?"

Jetzt grinste Jonas. „Die hat sich schon lange abgesetzt, gleich nach meiner Jugendweihe. Sie wohnt in der Stadt und ist ohne den Alten viel glücklicher. Ich besuche sie manchmal und weiß, es geht ihr so wirklich viel besser."

„Dann hast du es echt nicht leicht, aber dir ist auch klar, dass es mit Sabotage nur schlimmer werden kann." Bevor Jonas noch etwas sagen konnte, hob Mascha die Hand. „Ich weiß, dass du das nicht wolltest, wir beide haben euch ja gehört und könnten es bezeugen. Aber ich hoffe, dass wir hier keine Gerichte brauchen, wenn ihr beide mir schwört, kein Wort zu verraten."

Beeindruckt hoben beide sofort die Finger. „Natürlich, aber…"

„Du sagst deinem Vater, dass du den Auftrag wie besprochen erledigt hast. Sei ruhig ein bisschen wütend dabei, dass macht es glaubhafter. Und den Rest überlasst ihr uns."

Wieder nickten beide erleichtert und wollten sich gerade zurückziehen, als Mascha noch wissen wollte: „Ist dein Vater morgen Vormittag zuhause? Dein Onkel auch?"

Und als Jonas zweimal genickt hatte, winkte sie ihnen nach und wartete, bis sich die Tür wieder schloss.

„Sigrid, kannst du aufstehen? Ich weiß nicht, ob meine Knochen durch das Sitzen noch alle an Ort und Stelle sind oder ob ich kriechen muss."

Sigrid lachte und zog sie hoch. „Du hast das eben so professionell hingekriegt, jetzt machst du das Bild von dir als Spitzen-Detektivin schon wieder zunichte."

„Das will ich auch nicht sein, ich will nur in mein Bett", brummte
Mascha. „Wir haben morgen einen anstrengenden Tag."

„Trotzdem bin ich beeindruckt, wie kamst du auf ein Liebespaar
und verfeindete Familien?"

Sigrid war immer noch am Grübeln, aber Mascha zog es ins Bett.

„Ich habe schließlich Gottfried Keller gelesen, „Romeo und Julia
auf dem Dorfe", da war es ähnlich."

Am nächsten Morgen stand Franzi schon frühzeitig mit einem üppigen Frühstückstablett in der Ferienwohnung, um auf direktem
Weg zu erfahren, was passiert war. Mascha, die es gerade noch
rechtzeitig aus der Dusche geschafft hatte, sog genießerisch den
Kaffeduft ein und übersah fast den neugierigen Blick von Franzi.
Dann aber setzte sie sich und zog Friedels Enkelin neben sich auf
die Bank.

„Zuallererst: es ist Ihrem Apfelsaft nichts passiert. Das was ihn
verdorben hätte, habe ich konfisziert. Also alles in Ordnung!"

Franzi atmete hörbar auf, blieb aber angespannt, bis Mascha nach-
setzte. „Sie wissen, dass Ihre Tochter verliebt ist? Ist das für Sie
auch in Ordnung?"

Franzi schien wirklich viel von Friedel zu haben, denn sie hob nur
lächelnd die Schultern. „Ich habe doch Augen im Kopf und der
Jonas trägt doch keine Schuld am Altersstarrsinn seines Vaters."

„Dann sind wir beide beruhigt", bekräftigte Mascha und zog Sigrid in das Gespräch, die sofort bestätigte.

„Er wollte das wirklich nicht tun, er scheint ein guter Junge zu sein."

„Aber jetzt werden sie ihn rauswerfen, schätze ich, na ja, dann kann er zu uns kommen." Franzi stand auf, für sie war die Welt schon wieder in Ordnung, aber Mascha lächelte. „Vielleicht ändern die beiden ja ihre Meinung, wenn wir sie besucht haben. Lassen Sie sich überraschen."

Die Wiesnerbrüder reagierten höchst misstrauisch, als ihnen Jonas die beiden Kontrolleurinnen von der EU-Behörde ankündigte und sich dann schnell zurückzog. Mit forschen Schritten und strengen Blicken betraten die beiden Damen den Raum, den man salopp als ziemlich unaufgeräumt bezeichnen konnte. Mascha fixierte die beiden streng und fragte dann mit ihrer besten Lehrerinnenstimme: „Wer von Ihnen ist für diese Straftat verantwortlich?"

Die beiden Brüder, die wesentlich älter als Franzi aussahen, blickten sie erschrocken an.

„Was, was denn für eine Straftat?", stotterte der größere der beiden. Mascha knallte ihre Mappe so heftig auf den Tisch, dass die beiden schon wieder zusammenzuckten.

„Die Verunreinigung von Gewässern und Flüssigkeiten, die zum Verzehr bestimmt sind, wird nach § 324 des Strafgesetzbuches mit einer Freiheitsstrafe bis zu 5 Jahren geahndet. Schon der Versuch ist strafbar! Das Beweisstück habe ich bereits konfisziert, haben Sie noch etwas zu sagen, bevor…" Als sie an dieser Stelle gekonnt eine Pause machte, sprang der Kleinere auf und sah seinen Bruder vorwurfsvoll an: „Das wollten wir doch gar nicht. Aber du kannst einfach nicht aufhören, es sollte doch nicht kriminell werden. Ich gehe in kein Gefängnis, nur weil du recht behalten willst."

„Setzt dich wieder hin", knurrte der Größere, vermutlich Jonas Vater. „Das müssen die uns erst mal beweisen."

Mascha trat direkt auf ihn zu. „Und Sie glauben, das könnte ich nicht?" Ihre Stimme wurde jetzt gefährlich leise. Dann zog sie das Fläschchen aus ihrer Tasche, das sie vorher in einen Plastikbeutel gepackt hatte. „Auf diesem Beweisstück gibt es nur wenige Fingerabdrücke, die von Jonas habe ich schon, was glauben Sie von wem die anderen sind?"

Jetzt wurde der ältere der Brüder auch unruhig, während der jüngere schon wieder aufsprang. „Da siehst du es, sie kriegen uns! Und das alles wäre nicht nötig gewesen, wenn wir auch gleich auf Bio umgestellt hätten."

„Das ist doch alles zu teuer, das kauft doch kein Mensch", grummelte wieder der Ältere.

„Das sagst du immer, aber bei Franzi kaufen sie. Jonas hat es ausgerechnet, wir könnten auch so dicke im Geschäft sein wie sie. Stattdessen blüht uns der Knast, aber ich gehe da nicht hin, ich will sowas, wie sie im Fernsehen haben, einen Deal. Ich sage aus gegen

alle, die beteiligt waren, wenn ich nur nicht in den Knast muss."
Mascha hatte Mühe bei seinen hektischen Aktionen ihr strenges
Gesicht beizubehalten. „Und was wären Sie bereit zu tun?"
Jetzt wandte sie sich direkt an Jonas Vater, der sichtlich Mühe hat-
te, seinen Frust zu unterdrücken.

„Ja, ich geb's ja zu, das das alles falsch war, wir hätten es auch so
machen sollen wie Franzi."

„Und wenn wir es jetzt noch machen würden?" Wieder sprang der
kleinere Bruder auf. „Wenn wir jetzt auf Bio umstellen würden,
dann ziehen die anderen im Dorf nach. Würde das unsere Lage
nicht deutlich verbessern?"

Mascha nickte gewichtig und winkte Sigrid mit den Unterlagen zu
sich. „Dann machen wir Nägel mit Köpfen. Ich habe hier Anträge
auf EU-Fördermittel, die zweckgebunden sind für die Umrüstung
ihres Hofes auf rein biologische Produktion. Jonas zeigt Ihnen, was
sie ausfüllen und wo Sie unterschreiben können. Und meine Assistentin sammelt sie dann ein."

Durch die Hilfe von Jonas, der schon auf Abruf stand, brachten die
beiden die notwendige Bürokratie schneller hinter sich als gedacht.
Erst als Sigrid die Anträge in ihrer Mappe sicher verwahrt hatte,
wandte sich Mascha wieder an die Brüder.

„Das war ein guter Anfang, aber der genügt noch nicht. Ich gehe
auch davon aus, dass Jonas seine Julia bekommen kann, oder?"
 Jonas Vater nickte sofort, sah sie aber dann irritiert an.

„Dann sind Sie gar nicht von der EU-Behörde?"

„Nein", grinste Mascha. „Ich bin die gute Fee, die Ihnen den Hals gerettet hat. Ein Richter hätte das nicht so locker gesehen. Und ich kann vermutlich noch mehr, ich könnte Ihnen sogar eine hervorragende Hauswirtschafterin vermitteln, die nicht nur Sie gut versorgt, sondern auch die Hygiene-Standards absichern kann. Wären Sie interessiert?"

„Sofort", schrie der jüngere Bruder. „Ich kann kein Fertigessen mehr sehen und er kocht noch schlechter als ich."

„Sie wird sich bei Ihnen melden." Mascha machte sich eine Notiz, die Frau anzurufen, die ihr eine Woche vorher ihr Leid geklagt hatte, keine Stelle auf dem Land zu finden.

„Sie machen wirklich tolle Fortschritte und jetzt gehen wir auch noch den letzten Schritt. Haben Sie einen guten Apfelwein oder Likör oder etwas Ähnliches hier?"

Wieder nickten beide, wenn auch etwas zögernd.

„Dann los! Wir gehen jetzt gemeinsam zu Franzi und sorgen dafür, dass Ihre beiden Familien wieder befreundet sind. Sie wird sich über ihre Entscheidung freuen, glauben Sie mir."

Und genauso geschah es. Franzi war überglücklich, dass alles vorbei war und kam gar nicht auf die Idee, den Beiden Vorwürfe zu machen und die Brüder schienen auch zufrieden, dass ihnen jemand den ersten Versöhnungsschritt abnahm.

Als Mascha und Sigrid zurückfuhren, ließen sie zwei versöhnte

Familien und ein glückliches Liebespaar zurück, während sie sich über ihre Belohnung, einen riesigen Korb mit Apfelsaft, Apfelwein, Apfelkäse, Apfelkuchen und noch eine große Flasche Apfel-Cider freuten. Die letzte Flasche, die etwas höherprozentig war, hatte ihr Jonas Vater noch grinsend in die Hand gedrückt.

Bei der nächsten Chorprobe lauschten die „Schlager-Goldies" hingerissen den aufregenden Abenteuern der „EU-Inspektorinnen" und freuten sich über den glücklichen Ausgang und den Sieg der Liebe bevor sie sich durch den Inhalt des Korbes kosteten. Friedel war natürlich schon von ihrer Enkelin vorinformiert und überglücklich, dass alles gut geklappt hatte und Julia ihren *Romeo* gefunden hatte. Zum Abschluss sangen alle immer noch begeistert: *Wir, wir beide sind nicht Romeo und Julia, die beiden die man vom Theater kennt.* Und etwas später auch auf besonderen Wunsch von Sigrid noch: *Jugendliebe bringt, den Tag wo man beginnt, alles um sich her ganz anders anzuseh'n.*

Zu schön, um wahr zu sein!

Diesmal muss es Liebe sein und keine Liebelei – 1954 gesungen von Willy Hagara

Mascha Nussek goss am Montag ihre Blumenkästen auf dem Balkon schon sehr früh, denn vor ihr lag ein echt volles Programm. Nach der letzten Chorprobe gab es eine lange Diskussion über die Verwendung des Honorars, das sie für ihren ersten Auftritt seit langem erhalten hatten. Ihrem Vorschlag, davon einen Teil für einen großen Eimer Farbe auszugeben, waren die anderen gerne gefolgt. Schließlich würde damit der Raum, in dem sie regelmäßig probten, etwas ansprechender aussehen.

Günther, der Wirt, um dessen Hinterzimmer es ging, hatte zunächst zögernd seine dünnen Haare über den fast kahlen Schädel gestrichen und zweifelnd den Kopf geschüttelt.

Wie alle Männer über 50, hatte Mascha gedacht. *Wenn man nur die kleinste Veränderung vorschlägt, glauben sie ihre Welt würde zusammen brechen.*

Aber nach einiger Zeit, in der sie ihn nur hypnotisierend anstarrte, brachte er doch noch ein zustimmendes Nicken zustande. Also würde sie heute mit Gaby zum nächst gelegenen Baumarkt fahren und alles Notwendige besorgen. Hoffentlich gab es die Farbe, die ihnen vorschwebte. Schließlich gehörte dieser Markt nicht gerade zu den größten.

Und die passende Farbe war wichtig, immerhin hatte es darüber eine heftige Auseinandersetzung gegeben. Claudia, die früher in einer Galerie gearbeitet hatte und immer behauptete, alle Trends zu kennen, wollte unbedingt einen Beerenton oder vielleicht ein kräftiges Violett.

Bei diesen Vorschlägen war der Wirt plötzlich so blass geworden, dass Mascha schon befürchtete, erste Hilfe leisten zu müssen.

Aber dann hatte Gaby, deren Enkel Maler und Lackierer war, aus ihrer Tasche eine Farbenpalette hervorgezaubert und sie konnten sich endlich auf ein sanftes Himmelblau einigen.

In diesem Farbton sollten noch heute alle Wände gestrichen werden. Wenn sie aber auch Stühle und Tische noch reinigen und vielleicht farblos lackieren würden, spann Mascha ihren Gedanken weiter, dann hätte sie schon die nächste Idee, für die sie die anderen aber noch begeistern müsste.

Sie lächelte zufrieden und beugte sich etwas vor, damit sie nicht zufällig jemanden auf dem Balkon unter ihr beregnete, als sie ein herzzerreißendes Schluchzen von unten hörte.

Mascha schüttelte kummervoll den Kopf. Am liebsten wäre sie sofort nach unten gerannt, um demjenigen beizustehen, der unter etwas Schlimmem leiden musste, egal ob körperlichen oder seelischen Schmerzen. Aber die Mieterin unter ihr war erst vor kurzem eingezogen und Mascha hatte sich noch nicht mit ihr bekannt machen können. Natürlich hatte sie nach deren Einzug mit einem selbstgebackenem Brot und Salz, dem symbolischen Willkommen, vor der Tür von Leonie Kerber gestanden, aber die war nie zuhause oder kam erst spät von der Arbeit zurück.

Und einfach bei einer Frau zu klingeln und zu fragen, warum sie weinte, dafür hatte Mascha zu viel Taktgefühl. Also machte sie sich nur eine Notiz für ihren Hinterkopf, nahm ihre Tasche und eilte die Treppe hinunter, um Gaby abzuholen.

Weil sie im Kopf schon wieder bei der Farbauswahl und der Umgestaltung des Hinterzimmers war und es immer noch ziemlich eilig hatte, rannte sie Leonie Kerber fast um, die genau im gleichen Moment aus ihrer Wohnung trat. Sie schien auch eiligst aufgebrochen zu sein, denn sie knöpfte noch im Gehen ihre Jacke zu. Die blonden Haare waren nachlässig zu einem Dutt am Hinterkopf zusammengedreht, der schon die Neigung zeigte, bei der ersten heftigen Bewegung auseinander zu fallen. Sie grüßte höflich und wandte ihr immer noch verweintes Gesicht so peinlich berührt zur Seite, dass Mascha gar nicht anders konnte, als zu fragen.

„Kann ich Ihnen irgendwie helfen? Sie scheinen ein großes Problem zu haben. Ich wohne über Ihnen und konnte Ihr Weinen hören."

Leonie Kerber schüttelte traurig den Kopf. „Mir ist nicht zu helfen, ich habe alles falsch gemacht und das ist jetzt die Strafe."

Mascha, die sich neben der Mittzwanzigerin für einen kurzen Moment wie eine weise alte Frau fühlte, lächelte ihr tröstend zu.

„Wenn es jedes Mal als ich das auch gedacht habe, wirklich so gewesen wäre, gäbe es mich nicht mehr. Das Leben geht immer weiter. Aber wenn Sie jemanden zum Reden brauchen, ich bin abends meist zuhause."

Auch als sie mit Gaby in Richtung Baumarkt fuhr, ging Mascha das verweinte Gesicht nicht aus dem Kopf. Da handelte es sich sicher um einen schweren Anfall von Liebeskummer. Hatte sie früher auch alles so schwer genommen? Oder bildete sie sich nur ein, schon immer ziemlich taff gewesen zu sein?

Egal, jetzt ging es um andere Projekte. Der Baumarkt war wider Erwarten größer und auch besser ausgestattet. Die Wunschfarbe war daher schnell gefunden und sogar ausreichend vorrätig. Nachdem sie weitere Verbesserungen angedeutet hatte, kauften sie gleich noch Klarlack dazu, denn auch Gaby gefiel die Idee, die Holzmöbel etwas aufzupolieren. „Wenn wir die Tische und Stühle ordentlich abschrubben, könnte mein Enkel, der Norman, sie gleich lackieren. Das dunkle Holz passt dann viel besser zu den neuen hellen Wänden. Und er macht das bestimmt ohne zusätzliche Kosten. Ich rufe ihn gleich an."

Auf den fragenden Blick von Mascha erklärte sie auf der Rückfahrt nur. „Norman ist der älteste von meinen Enkeln. Ihm ist letztes Jahr die Frau abgehauen und hat ihn mit den Zwillingen zurückgelassen. Nach meiner Meinung taugte sie sowieso nicht viel, aber dass sie ihre Kinder einfach so verlassen hat, ist wirklich das Letzte."

Auch Mascha war entsetzt. „Als Mutter kann man sich so etwas überhaupt nicht vorstellen."

Gaby nickte nur zustimmend. „Seitdem sucht er eine Partnerin, aber er ist 27 und hat zwei kleine Kinder. Wo soll er denn hier jemanden kennenlernen? Also nehme ich die Mädchen so oft es geht, damit er ein bisschen Freiraum hat. Und schon deshalb wird er das Lackieren gerne für mich übernehmen. Er hätte auch die Wände gemacht, aber als ich das vorgeschlagen habe, da waren Friedel und die anderen beleidigt. Sie könnten das auch, so alt wären wir ja noch nicht. Und sie haben recht, schließlich haben wir früher immer selbst renoviert."

„Dann lassen wir uns mal von ihren Fähigkeiten überraschen", lachte Mascha.

Als sie an der Gaststätte ankamen, hatten Claudia, Sigrid und Friedel schon alles vorbereitet. Die Tische und Stühle waren in der Mitte zusammengeschoben und Günther hatte sogar eine Leiter vorbeigebracht.

Nach dem zweiten Anstrich strahlten die Wände mit ihren Gesichtern schon um die Wette, als Günther um die Ecke lugte. „Habt ihr alles was ihr braucht?"

„Außer Sekt und Kaviar, ja", rief Claudia und alle lachten.

Günther griente nur, um kurz darauf eine Runde Radler für alle zu spendieren. Danach nahmen sie sich noch die Tische und Stühle gründlich vor und anschließend auch den Boden Und da das eine

Tätigkeit war, die weniger Konzentration erforderte als das Streichen, sangen sie auch wieder. *Das bisschen Haushalt* machte den
Anfang und dann folgten alle möglichen Schlager, in denen Farben
oder Maler vorkamen. Selbst Norman, Gabys Enkel hatte sich beteiligt, bevor er an die Arbeit ging. Noch am Abend war Mascha
mit dem erreichten Ergebnis höchst zufrieden, auch wenn sie die
ersten Anzeichen eines ziemlich fiesen Muskelkaters spürte.

Der Chorraum, wie das Hinterzimmer nun genannt wurde, sah jetzt
wirklich gut aus. Gabys Enkel hatte für das Lackieren mit einer
Spritzpistole nicht lange gebraucht, in der Zeit hatten sie draußen
auf den großen Findlingen gesessen, die von der Sonne immer an-
genehm warm waren.

Da hatte Mascha schon wieder eine neue Idee gehabt, aber die
würde sie später weiter verfolgen. Zunächst hatte sie den anderen
vorgeschlagen, in ihrem neuen Raum einmal im Monat am Sonntag
einen Kaffee-Klatsch organisieren.

„Wir könnten den Kuchen selbst backen und verkaufen, Günther
wäre für den Kaffee zuständig und wir außerdem noch für die Kultur. Wir könnten eine Lesung organisieren, Sachen, die lustig sind
und die Leute aufmuntern oder wir könnten singen und sie zum
Mitmachen auffordern."

„Das ist eine super Idee", begeisterte sich Claudia sofort und warf
gekonnt ihre roten Haare zurück. „Endlich kann man sich sonntags
mal so richtig aufbrezeln. Sonst gibt es ja nichts, wo man hingehen

könnte, da reicht die Jogginghose."

„Du hast eine Jogginghose?" wunderte sich Sigrid. „Du läufst doch gar nicht."

Claudia grinste. „Da hast du recht, aber meine Hose, die läuft regelmäßig ein. Das genügt für uns zwei."

Friedel, die dem ganzen nicht so recht gefolgt war, weil sie noch über Apfelkuchen und Apfelstrudel nachgedacht hatte, schlug sehr zurückhaltend vor. „Ich könnte mich auch ans Klavier setzen und Kaffeehausmusik spielen."

„Super!" Mascha freute sich. „Damit ist der Kaffee-Klatsch beschlossene Sache, ich spreche mit Günther einen Termin ab und dann legen wir los."

Nachdem auch das erledigt war, saß sie abends an ihrem kleinen Schreibtisch mit Blick auf die üppigen Blumen auf ihrem Balkon und überlegte, welche Werbemethode am besten für den Kaffee-Klatsch geeignet wäre, da klingelte es.

Im ersten Moment wunderte sie sich, aber dann fiel ihr das Gespräch vom Morgen wieder ein. Tatsächlich stand Leonie Kerber vor ihrer Tür, sah aber so aus, als ob sie lieber gleich wieder gehen wollte. Mascha ergriff die Gelegenheit und zog sie in die Wohnung. „Nehmen Sie doch am besten in meiner Sesselecke Platz, ich hole uns schnell einen Tee, da spricht es sich besser."

Als sie die Teetassen aus feinem Porzellan auf einem kleinen Beistelltisch angeordnet hatte und der angenehme Duft von beruhigenden Kräutern durch die Luft schwebte, sah sie ihren Gast auffordernd an.

Leonie seufzte noch einmal tief auf, ehe sie erzählte. „Ich dachte, ich hätte endlich die große Liebe gefunden, aber es ist wie immer ein Reinfall, diesmal nur noch viel größer als vorher. Nachdem ich schon häufig Pech mit Männern hatte, habe ich es über das Internet probiert und René kennengelernt. Er hat mich gleich kontaktiert, als ich mein Profil eingestellt hatte und er gefiel mir auch sofort. Nicht nur seine Fotos, er ist wirklich sehr attraktiv, sondern auch wie einfühlsam er war. Ich bin 26, natürlich hätte ich gerne eine Familie und Kinder. Aber diese Hoffnung hat mir meine Frauenärztin schon vor zehn Jahren genommen. Damit klar zu kommen fällt mir heute noch schwer, aber ich hätte nie gedacht, dass Männer noch schlimmer reagieren, schließlich kann man ja auch Kinder adoptieren. Aber bei jeder Beziehung, die ich bisher hatte, war es den Männern wichtiger, eigene Kinder zu bekommen, als mit mir zusammen zu sein." Sie schwieg einen Moment und Mascha strich ihr beruhigend über die Schultern.

„ Nur René war gleich so voller Verständnis, er hat auch akzeptiert, dass ich es langsam angehen wollte, dass ich mich erst mit ihm austauschen möchte, wissen will wie er denkt, was er fühlt. Ihm sei das auch wichtig, hat er mir immer versichert. Deswegen haben wir uns nicht direkt getroffen, sondern nur Mails und Bilder ausgetauscht oder auch häufig telefoniert, er hat so eine tolle, sonore

Stimme, die fehlt mir richtig. Erst wenn wir eine ausreichende Übereinstimmung erreicht hätten, wollten wir uns direkt treffen und uns in die Augen sehen. Ich fand das so romantisch."

Sie wischte die Tränen ab, die ihr über die Wangen liefen und Mascha beeilte sich zu bestätigen. „Jede Frau hat das Recht auf Romantik und wenn nicht am Anfang einer Beziehung, wann denn dann?"

Leonie schüttelte den Kopf. „Es war alles zu schön, um wahr zu sein. Das hätte ich merken müssen. Er war so aufmerksam, wollte alles wissen, was ich denke, was mir wichtig ist, ob mir meine Arbeit gefällt, was ich an einem Mann schätze oder was ich von ihm erwarte. Und er hat an so vieles gedacht. Als vor einigen Wochen in der Firma ein neues Produkt eingeführt wurde und ich vor der Präsentation war sehr aufgeregt war, hat er mir schon am frühen Morgen Glück gewünscht und ganz liebe Mails geschickt. Ich glaubte wirklich meinen Seelenpartner gefunden zu haben, aber es war wohl eher so, dass ich auf den Felsen der Dummheit aufgeschlagen bin. Und das auch noch dreimal, wie meine Oma gesagt hätte."

„Bisher klingt das für mich alles wundervoll und gar nicht dumm", wandte Mascha ein. „Was ist denn dann passiert?"

Leonie sah so verloren an ihr vorbei, als ob sie alles noch einmal durchleben würde. „Ich wollte ihn endlich treffen. Auch dafür hatten wir konkrete Pläne, die auch so romantisch waren. Wir wollten uns in Prag, unserer Lieblingsstadt, an einem bestimmten Ort treffen und so feststellen, ob unsere Gefühle so stark sind, dass sie uns zueinander bringen. Auch diese Idee fand ich einfach wundervoll. Danach wollten wir in der gleichen Stadt heiraten, mit allem von dem ich je geträumt habe, mit der weißen Kutsche, den Luftballons in Herzform, dem Brautstrauß mit pinkfarbenen Rosen und natürlich einem Meerjungfrauenkleid in weiß." Sie wischte wieder die Tränen ab und atmete dann tief ein.

„ Kurze Zeit vor dem Termin gab es aber Steuer-Probleme in seiner Firma, die stellen wichtige Medikamente her, ich glaube gegen Krebs. Das war immer alles streng geheim, aber René war total verzweifelt, als er sich an mich wandte. Er könne die Lizenz für eine hochwirksame Substanz kaufen, die das neue Arzneimittel perfekt machen würde, aber durch die Steuerprüfung seien seine Konten gesperrt.

Er hatte schon einige Freunde gebeten und jetzt fehlten ihm nur noch 20.000 Euro. Natürlich wollte ich ihm helfen, wieso auch nicht? Ich dachte ja, ich würde ihn in-und auswendig kennen. Also habe ich ihm 15.000 über einen Internetanbieter geschickt, mehr hatte ich nicht, ich habe ja diese Wohnung gerade erst eingerichtet. Er hat sich sofort bedankt und mir versichert, es mir schnellstens zurück zu geben. Und das war's."

„Seitdem haben Sie nichts mehr von ihm gehört?" Mascha beugte sich interessiert zu Leonie vor.

„Nein, ich habe alles versucht. Seine Mail-Adresse ist gelöscht, die Telefonnummer ist offensichtlich nicht vergeben und die Wohnadresse kenne ich nicht, die wollten wir erst zum Schluss preisgeben. Aber den Schluss-Strich hat er wohl von sich aus schon gezogen. Ich war ihm wohl doch nicht so viel wert, dass er auf eigene Kinder verzichtet hätte."

„Glauben Sie wirklich, dass es darum ging? Denken Sie gar nicht an das Geld?"

Als Leonie sie nur mit großen Augen ansah, setzte Mascha fort.

„Nach meiner Meinung geht es hier überhaupt nicht ums Kinderkriegen, auch nicht um Liebe, sonder um eine Straftat, die man Love-Scamming nennt. Das ist eine ziemlich aktuelle Internet-Betrugsmasche, bei der die Täter über Monate ein enges Vertrauensverhältnis zu ihren Opfern aufbauen. Sie machen das sehr geschickt, mit erfundenen Biografien, falschen Fotos und vor allem mit sehr viel Einfühlungsvermögen und viel Charme. Kommt Ihnen das nicht bekannt vor?"

Leonie wirkte total verwirrt und schüttelte nur fassungslos den Kopf, als Mascha fortfuhr.

„Die Frauen, meist sind es Frauen, fühlen sich genau wie Sie, wie auf Wolke sieben, weil ihnen eine glückliche Zukunft vorgegaukelt wird. Und erst, wenn diese Betrüger das Opfer fest am Haken haben, wird eine Notlage vorgetäuscht und Geld gefordert. Ich habe im Internet über eine Frau gelesen, der es genauso ergangen ist wie Ihnen, nur hat sie wesentlich mehr Geld verloren. Aber sie hat nicht nur den Betrüger angezeigt, sie hat eine Gruppe gebildet und jagt diese Männer selbst im Internet."

Leonie war blass geworden. „Sie meinen, es gibt meinen René gar nicht? Dass er mir nur etwas vorgespielt hat, um an Geld zu kommen?"

Und als Mascha nickte, sprang sie auf und lief aufgebracht zur Tür. „Damit muss ich erstmal fertig werden. Ich habe mir den Kopf zerbrochen, was ich falsch gemacht haben könnte, aber an so etwas habe ich nicht mit einer Silbe gedacht. Also doch der Felsen der Dummheit, wie meine Oma gesagt hätte. Nur was mache ich denn jetzt?"

Mascha zog sie wieder in die Sesselecke. „Zuerst atmen Sie mal tief durch und beruhigen sich. Sie dürfen nicht glauben, dumm zu sein, nur weil Sie von einem Profi auf diesem Gebiet betrogen wurden. Diese Leute sind gut vorbereitet und machen das mit Sicherheit nicht zum ersten Mal. Aber Sie werden sich ab heute genau so wehren wie die Frau im Internet und ich werde Ihnen dabei helfen."

„Aber wie denn, wenn dieser Mann vielleicht gar nicht existiert?"
Leonie hörte sich so verzweifelt an, dass Mascha sich bemühte sie wieder zu beruhigen.

„Was wir jetzt brauchen sind Beweise. Immerhin geht es um einen Betrug und dafür gibt es mit Sicherheit auch einen Paragrafen im

Strafgesetzbuch. Sie haben Ihre Mails doch noch nicht gelöscht, oder?"

„Nein, aber dumm wie ich bin, habe ich sie sogar zeitlich gesammelt, mit den Fotos versehen und ausgedruckt. Ich wollte daraus eine Liebesgeschichte gestalten und sie ihm zur Hochzeit schenken."

„Grämen Sie sich nicht, in diesem Fall ist das sogar ganz ausgezeichnet. Morgen gehen Sie zur Polizei und zeigen ihn an. Ich sehe an Ihrem Gesicht, dass Ihnen das peinlich ist, aber das muss sein. Wenn Sie ihn nicht anzeigen, macht er munter so weiter und ganz bestimmt auch die nächste Frau unglücklich. Sie müssen ja nicht alle Mails mitnehmen. Wählen Sie nur die aus, bei denen es um das Geld geht und in denen er auch bestätigt, dass Sie die Summe zurückbekommen würden. Dazu noch den Nachweis der Übersendung durch den Online-Bezahldienst, das genügt fürs erste."
Leonie nickte nur. „Und dann?"

„Ich habe einige Freundinnen", erklärte Mascha, „mit denen ich schon Straftaten aufgeklärt habe. Mit ihnen muss ich mich unbedingt noch beraten. Das mache ich am besten schon morgen. Vielleicht haben die Frauen auch noch Ideen, wie wir diesen Schwindler schneller zu fassen kriegen. Aber wir machen das nur, wenn Sie das auch wirklich wollen."

Es dauerte einen Moment, aber dann richtete Leonie ihre veilchenblauen Augen sehr entschlossen auf Mascha. „Doch, das will ich wirklich. So etwas Gemeines muss hart bestraft werden."

Mascha lächelte zufrieden. „Dann habe ich nur noch eine letzte Frage. Wie kam der Mann auf die Idee, dass Sie 20.000 Euro haben könnten. Haben Sie je über Ihr Gehalt oder Sparsummen oder Vermögen gesprochen?"

„Nein." Die junge Frau schüttelte entschieden den Kopf. „Ich könnte das alles noch einmal nachlesen, aber ich bin mir ziemlich sicher, weil ich vorher schon deswegen schlechte Erfahrungen gemacht hatte. Seitdem halte ich mich bei diesem Thema oft zurück." Mascha machte sich eine gedankliche Notiz, dass das noch einmal überprüft werden müsste, dann verabschiedete sie ihren Überraschungsgast.

Am nächsten Tag, als sich die „Schlager-Goldies" wieder in ihrem Chorraum trafen, brauchten sie anfangs viel Zeit, um alles zu bewundern, die eigene Leistung bei der Renovierung hervorzuheben, aber auch um Gaby zu danken, die durch die Unterstützung ihres Enkels die Arbeit doch auf ein erträgliches Maß reduziert hatte. Allerdings waren die reichlichen Farbreste, die Mascha eigentlich entsorgen wollte verschwunden, nach einigem Suchen entschied sie sich den Wirt danach zu fragen.

Als sie zu den Sängerinnen zurückkam, strahlte sie. „Mädels, es geschehen noch Zeichen und Wunder. Günther will mit unseren Farbresten auch die Kneipenwände auffrischen. Ist das nicht toll!

So könnte es weitergehen."

„Geht es auch", rief Claudia. „Der Beerenton, den ihr nicht wolltet, der glänzt demnächst an meiner Haustür. Ich habe meinen Mann überzeugt oder besser mit einem tollen Essen bestochen. Er will die Front auch gleich wieder weiß streichen, damit alles schick aussieht."

Nachdem alle Claudia gelobt oder gratuliert hatten, wandte sich Mascha noch einmal an die Frauen.

„Es könnte sein, dass wir wieder eine neue Straftat aufklären müssen. Kann ich mit euch rechnen?"

Erst als alle freudig genickt hatten, setzte sie fort. „Es geht um eine junge Frau, die auf Love-Scamming hereingefallen ist. Der Mann hat sie nicht nur schwer enttäuscht, sondern auch um 15.000 Euro erleichtert."

„Ist das so etwas wie Heiratsschwindel?" fragte Friedel, die mit diesem Begriff überhaupt nichts anfangen konnte."

„Man nennt das jetzt so", erklärte Mascha, „aber das Prinzip ist das Gleiche. Nur läuft das heute viel raffinierter über das Internet ab. Während der Heiratsschwindler früher direkt auftrat und damit vom Gesicht her bekannt war, weiß man heute nicht einmal, ob die Fotos wirklich die echte Person zeigen. Denn die, die sich da präsentieren um ihre Opfer anzulocken, sind alle ausnahmslos attraktiv, haben tolle Berufe und ein wunderbares Leben. Damit meine ich, sie posten Fotos von interessanten fremden Städten oder räkeln sich irgendwo an der Südsee. Und sie beherrschen ihre Profession exzellent. Stellt euch einen Mann vor, der ganz selbstverständlich immer weiß, was sich Frauen insgeheim wünschen, davon kann man doch nur träumen."

„Meine Oma hat immer gesagt: *Perfekte Männer gibt es an jeder Ecke, aber Gott hat die Welt rund gemacht. Und man weiß warum.*" Claudia sah lächelnd in die Runde der lachenden Frauen.

Mascha nickte kichernd. „Mir wäre das auch sofort verdächtig gewesen. Dieser René, der Mann um den es geht, war ein Romantiker wie er im Buche steht, er war fürsorglich, aufmerksam, mitfühlend, aber auch zurückhaltend, wenn notwendig und er wollte unbedingt heiraten. Ich wäre schon misstrauisch geworden, wenn sich ein Mann für jedes Detail meines Lebens interessiert, aber ich bin ja auch keine 26 mehr."

„Wie willst du denn vorgehen, wenn wir gar nicht wissen, wie der Mann wirklich aussieht? Wie oder wo sollen wir ihn dann finden?" Friedel sah Mascha fragend an, die gerade noch am Überlegen war. Claudia warf wie immer, wenn sie etwas Besonderes wusste, zuerst ihre langen roten Haare voller Schwung nach hinten.

„Das ist ganz einfach, wir machen eine Bilder-Rückwärts-Suche bei Google. Dann findet man das Ursprungsfoto. Das kann so schwer nicht sein, mein Max hat es mir gestern gezeigt und der ist erst 10. Da er zurzeit bei mir ist, seine Mutter hat Fortbildung, brauchst du mir nur ein Foto zu geben und der Kleine macht das.

Er will doch sowieso Detektiv werden."

Mascha hob erleichtert den Kopf. „Super!"

„Ich habe auch eine Idee, ich weiß aber nicht, ob es etwas bringt."
Sigrid sah noch ein wenig zweifelnd aus. „Wenn die junge Frau die
Mails noch hat, müsste man die durchforsten, ob sie nützliche
Hinweise enthalten. Neulich habe ich in meiner Klatschzeitschrift,
die ihr immer belächelt, eine Geschichte gelesen die so ähnlich
war. Da wurde eine Frau auch von einem Mann mit falscher Identi-
tät um ihr Geld gebracht, aber der Täter hat sich durch eine Bemer-
kung über ihre Kosmetik verraten. In Wirklichkeit war es ein Ex
von ihr, mit dem sie zusammen gewohnt, von dem die sich aber
später getrennt hatte. Vielleicht finden wir auch so etwas Verräteri-
sches und dann wissen wir garantiert mehr."
Mascha hatte alles notiert und hob anerkennend den Daumen.

„Das sind echt tolle Ideen und Hinweise. Heute Abend kann ich
vielleicht schon einiges davon überprüfen. Aber jetzt lasst uns singen."

„Da fällt mir genau das richtige Lied dazu ein", rief Friedel, griff
in die Tasten und begann fast wie Gitte, zu singen. *So schön kann
doch kein Mann sein, dass ich ihm lange nachwein'*...
Am Abend hatte Mascha sich gerade einen Tee gebrüht, der ihr
beim Einschlafen helfen sollte, als es klingelte und eine völlig ver-
wandelte Leonie vor der Tür stand, die freudestrahlend berichten
wollte. „Ich habe es geschafft! Ich habe ihn angezeigt und die Poli-

zisten haben mich nicht ausgelacht. Sie haben mir gedankt und gesagt, dass das genau richtig war. Ich habe alle Mails und Fotos dabei, jetzt können wir nach Spuren suchen."

Mascha überflog die ersten Seiten, bis sie ein passendes Foto fand, fotografierte es mit ihrem Handy und schickte es zu Claudia. Morgen würde sie wissen, ob diese Spur erfolgreich wäre. Zur Sicherheit fügte sie auch noch die Telefonnummer dazu, auch wenn die offiziell nicht mehr vergeben war.

Dann legte sie die Blätter chronologisch auf den Esstisch und sah sich mit Leonie Seite für Seite gründlich an. Nachdem sie bis zur Hälfte gekommen waren, ohne irgendeinen besonderen Hinweis zu finden, hatte Mascha eine neue Idee.

Sie ließ die Blätter zunächst auf ihrem Esstisch liegen und ging mit Leonie wieder zur Sesselecke. „Wir sollten erstmal einer anderen Idee nachgehen. Wenn ich vom Datum der ersten Mail ausgehe, kennen sie René oder wie immer er heißt, jetzt fast sieben Monate. Damals haben Sie ja doch nicht hier gewohnt, oder?"

„Nein." Leonie schüttelte lächelnd den Kopf. „Damals, das war direkt nach dem Studium, habe ich in der Wohnung meiner Tante gelebt. Sie musste für ein halbes Jahr ins Ausland und ich hatte gerade in einer ihrer Naturkosmetikfirmen begonnen. Deshalb war das Arrangement für mich sehr bequem und sie konnte sicher sein, dass ihre Pflanzen gepflegt werden."

„Ihre Tante scheint vermögend zu sein. Vielleicht hat das auch jemand auf Sie bezogen?"

Leonie schien diesen Zusammenhang gar nicht zu erkennen, lachte aber vergnügt, als sie weiter über ihre Tante sprach.

„Meine Tante Leonore ist vermutlich schon als Unternehmerin zur Welt gekommen. In unserer Familie ist sie eine Legende, weil sie mit 14 schon ein eigenes Geschäft hatte. Ich hoffe, dass sie selbst noch weiß, was sie bisher alles gegründet hat und was ihr irgendwo auf der Welt gehört. Aber sie ist ein Arbeitspferd und kann einfach nicht anders, obwohl sie jetzt schon über Achtzig ist. Sicher gehört ihr wahrscheinlich auch einiges an Geld, aber Genaues weiß ich nicht. Auf jeden Fall sieht man es ihr nicht an, sie trägt keinen Schmuck, keine Designerhandtaschen oder so etwas. Aber die Wohnung war wirklich fantastisch, eine wunderschöne Altbauwohnung an einem Hügel gelegen. Schöne große Räume mit hohen Decken und das beste war der Ausblick, wenn man auf der Dachterrasse stand, lag einem die ganze Stadt zu Füßen."

„Stopp!" Mascha sprang auf, um zum Tisch zu eilen. „Das habe ich gelesen."

Sie blätterte hastig durch die Seiten. „Hier steht es, René hat die gleiche Formulierung fast wörtlich gewählt. Haben Sie ihm von dieser Wohnung erzählt?"

Leonie kam zögernd an den Tisch. „Ich erinnere mich nicht genau, geschrieben habe ich nicht darüber, aber vielleicht am Telefon…"

Sie schaute suchend über die Mails, um dann entschieden zu verneinen. „Nein, jetzt weiß ich es genau. Wir hatten ja vereinbart, die Adressen erst dann preiszugeben, wenn wir uns persönlich sehen. Also habe ich diese Wohnung nie erwähnt, es ist ja auch nicht meine."

„Aber wer konnte den Ausblick kennen, wer war in dieser Zeit in der Wohnung, als Sie dort wohnten? Vielleicht ein Handwerker?"

„Nein, meine Tante ist da sehr eigen. Es gibt eine kleine Firma, die alles ausführt, was in der Wohnung gemacht werden muss. Meine Tante kennt den Inhaber schon seit ewigen Zeiten und andere Leute waren nicht da."

Sie schüttelte fast entmutigt den Kopf, als ihr noch etwas einfiel.

„Doch, da war ein Makler, der ziemlich lästig war. Er war zweimal da, beim ersten Mal hat er so getan, als ob ihn meine Tante beauftragt habe, die Wohnung zu schätzen und ich Idiotin habe ihn auch noch durch die Zimmer geführt. Erst danach habe ich mit Tante Leonore telefoniert und mitbekommen, dass mich dieser Typ belogen hat. Als er noch einmal kam, habe ich ihn kurz an der Tür abgefertigt. Aber ich erinnere mich, dass er von dem fantastischen Ausblick geschwärmt hat. Meinen Sie, dass er es gewesen sein könnte? Wir haben doch kaum miteinander gesprochen."

„Ich halte es für denkbar. Wissen Sie noch, wie er sich vorgestellt hat? Hat er ein Maklerbüro erwähnt?"

„Schon möglich", murmelte die junge Frau, während sie die Stirn krauste und angestrengt überlegte. „Ich glaube, dass er mir auch eine Visitenkarte gegeben hat. Ob die den Umzug überlebt hat, wage ich zu bezweifeln, aber ich schaue auf jeden Fall nach. Alles ist besser, als sich alleine zu grämen. Ich finde es wirklich toll, dass Sie mir helfen."

Mascha war ganz gerührt. Ihre eigene Enkelin sah sie kaum, da es sie nach der Scheidung mehr auf die Seite ihres Großvaters gezogen hatte, aber wenn sie dieser jungen Frau helfen würde, könnte es irgendwo anders auch jemand für ihre Enkelin tun.

Schon am nächsten Morgen trafen neuen Informationen ein, allerdings waren es nicht die erhofften. Als Claudia mit ihrem Enkel erschien, war schon sichtbar, wer den größten Spaß an der Sache gehabt hatte. Max, der eine karierte Basecap trug und trotz seiner Zahnlücke siegessicher lächelte, konnte sein Wissen kaum zurückhalten.

„Er hat extra seine Sherlock-Holmes-Mütze aufgesetzt, weil er bereits alles aufgedeckt hat."

Nach dieser Ankündigung von Claudia, nickte ihm Mascha nur auffordernd zu. „Dann schieß mal los, du Computergenie."

Max grinste erneut und legte dann das Blatt mit dem Foto auf den Tisch. „Dieser Mann ist ein französischer Influencer. Seinen Namen habe ich aufgeschrieben, weil ihn nur Omi richtig aussprechen kann. Er ist letztes Jahr tödlich verunglückt, kann also garantiert nicht in diesem Jahr gemailt oder telefoniert haben. Die Telefonnummer, die wir auch geprüft haben, gehörte einer Hulda Schweitzer, die auch seit 5 Monaten tot ist. Sie ist 99 Jahre geworden und wenn sie sich nicht aus dem Totenreich gemeldet hat, dann hat jemand ihren Anschluss weitergenutzt.“

„Das war super, Max und bestimmt ein Eis wert. Lieber Schoko oder Vanille oder beides?“

Max grinste nur und hob beide Daumen. Während er mit seinem Eis beschäftigt war, raunte Claudia Mascha zu: „Er hat auch den Stalker-Fall aufgeklärt.“

„Tatsächlich?“ Mascha staunte. „Und wer war‘s?“

„Max hat sich auf die Lauer gelegt und ein Foto gemacht, als der Leiter von seinem Computerkurs wieder Blumen vor Vanessas Wohnung abgelegt hat. Er hat es nur mir verraten, weil der Mann eigentlich sein Held ist. Also habe ich mir den Burschen gegriffen und Klartext geredet. Ende der Woche haben sie das erste Date. Max und ich sind sicher, dass es klappt.“

Nachdem Mascha den Nachwuchs-Detektiv und Claudia wieder verabschiedet hatte und gerade darüber nachdachte, dass ein Makler natürlich leicht den Anschluss einer leeren Wohnung weiter nutzen konnte, rief Leonie an. „Ich habe die Visitenkarte gefunden, der Makler heißt Anton R. Nehmer. Der Name scheint Programm zu sein, wenn ich an das Geld denke. Aber ich traue mich nicht, da anzurufen oder hinzugehen.“

Mascha überlegte nur kurz und entschied sich dann sofort. „Wir sollten das so schnell wie möglich klären, ich könnte in einer Stunde bei Ihnen sein."

Nach einem Telefonat mit Gaby, die sehr bereitwillig die Rolle der „Assistentin" übernahm, saßen beide kurz darauf in deren Auto Richtung Stadt.

In Leonies Büro ging dann alles wie vorausgeplant. Mascha hatte kaum die Nummer des Maklers gewählt und die Stimme auch über den Lautsprecher hören können, als sie das aufgeregte Nicken der jungen Frau wahrnahm. Kurz entschlossen verabredete sie sich mit dem Makler vor einer Villa, die sie aus ihrem früheren Leben kannte und deren Wert ihn bestimmt dazu bringen würde dorthin zu kommen.

Dann warteten Mascha und Gaby nervös an der vereinbarten Stelle, während sich Leonie im nächsten Hauseingang verbarg, um den Betrüger nicht gleich zu verschrecken.

Noch während sie gemeinsam warteten, überlegte Mascha, ob es nicht besser gewesen wäre, gleich die Polizei zu alarmieren. Was wenn sich dieser Schuft anders verhielt als erwartet? Wenn er gar gefährlich würde? Dann beruhigte sie sich wieder und hielt ihr Handy für den Notruf griffbereit.

Als der Makler dann endlich kam, schienen schon die Dollarzeichen in seinen Augen zu leuchten. Den Blick auf das imposante Haus gerichtet, stieg er so nachlässig aus dem Auto aus, dass die Tür noch offenblieb. Während er mit einem wie er glaubte, gewinnenden Lächeln auf sie zueilte, konnte Mascha gut nachempfinden, warum er für seine Betrügereien die Fotos eines anderen Mannes verwendet hatte.

Sie war gerade dabei seine Hand zu schütteln und sich vorzustellen, als Leonie sehr entschlossen auf den Mann zuging, ihn höhnisch anlächelte und mit einer Stimmlage ansprach, die eine Sauna hätte tiefkühlen können. „Ach René, wie schön, dass uns unsere Gefühle wirklich zueinander geführt haben oder hast du mich gesucht, um mir mein Geld zurückzugeben? Nein? Du bist wirklich das Allerletzte!"

Nehmer zuckte erschrocken zurück und wollte zu seinem Auto ausweichen, aber Gaby hatte sich tollkühn bereits die Schlüssel gesichert und hinderte ihn so daran. Auf der anderen Seite stand Leonie und schien ebenfalls fest entschlossen, keinen Meter zu weichen. Jetzt versuchte Nehmer die Frauen zu besänftigen. „Ich habe keine Ahnung, was Sie eigentlich von mir wollen. Sie müssen mich verwechseln, ich habe hier nur einen Auftrag zu erledigen."

„Ich bewundere deine Bescheidenheit, René, das ist ein besonders feiner Zug an dir, was dir allerdings viel dringender fehlt, ist so etwas wie ein Gewissen oder ein Schuldgefühl. Wie viele Frauen außer mir hast du schon unglücklich gemacht?"

Als Nehmer die Entschlossenheit von Leonie endlich auch wahrnahm, versuchte er es mit roher Gewalt, aber die Frauen wankten nicht, während er unflätig zu schimpfen begann und versuchte die

Frauen zur Seite zu schieben. Mascha wusste einen Moment lang nicht, ob sie den Frauen Beifall klatschen oder sich auch an dem Kampf beteiligen sollte. Gerade wollte sie die 110 wählen, da sah sie eine Polizeistreife in die Straße einbiegen und winkte sie aufgeregt heran. Dann erklärte sie den Beamten bemüht ruhig die Sachlage, während Nehmer sich lautstark beschwerte. „Diese Furien haben sich ohne Grund auf mich gestürzt und meine Autoschlüssel gestohlen. Ich verlange Polizeischutz."

Mascha, die gerade entsprechend reagieren wollte, betrachtete mit einem gewissen Stolz, wie Leonie ganz gelassen in ihre Tasche griff und den Beamten ein Formular zeigte. „Das ist die Kopie der Anzeige, die ich gestern gegen diesen Mann aufgegeben habe. Wenn Sie ihn festnehmen, werden Sie möglicherweise noch andere Anzeigen finden. Gestern hat man mir gesagt, es gäbe schon eine Akte René."

Obwohl Nehmer weiter heftig protestierte und jetzt auch die Polizisten beschimpfte, nahmen ihn die Beamten fest und schoben ihn in den Streifenwagen.

Als endlich Ruhe einkehrte, fielen sich die Frauen jubelnd in die Arme. „Das hat richtig gut getan. Danke, dass Sie mir geholfen haben." Freudestrahlend umarmte Leonie zuerst Mascha und dann Gaby, die von der jungen Frau sehr angetan schien.

Zur nächsten Chorprobe brachte Mascha einen großen Korb mit Naturkosmetika mit, auf den sich die Frauen natürlich sofort stürzten und fast um die Wette Fläschchen und Tiegel öffneten und schnupperten.

Mascha grinste. „Das ist ein kleines Dankeschön von Leonie für unsere Hilfe. Ein Honorar habe ich abgelehnt, aber eine kleine Spende für ein nächstes Projekt habe ich akzeptiert. Ach ja, das muss ich noch loswerden. Wir wurden offiziell verwarnt, schließlich haben wir ja keine Zulassung als Privatdetektive."

Als sie die betroffenen Gesichter der Frauen sah, grinste sie erneut.

„Aber der zuständige Mitarbeiter hat mich anschließend zum Kaffee eingeladen, um sich bei uns allen zu bedanken. Immerhin haben wir nicht nur Leonie, sondern auch noch drei anderen Frauen geholfen, die alle von diesem Anton René Nehmer ausgenommen wurden. Das hat er mir alles erzählt, wir hatten wirklich ein nettes Gespräch."

„Und sah er gut aus?"

Natürlich Claudia wie immer, dachte Mascha und überlegte kurz.

„Lass mich mal nachdenken, rabenschwarze lockige Haare, meerblaue Augen, schlank und hochgewachsen, wirklich gut aussehend und viel zu jung und viel zu glücklich verheiratet."

Die anderen Frauen lachten.

„Na, und", konterte Claudia, „davon träumen darf man doch. In unserem Alter braucht man jeden Funken Romantik, den man kriegen kann, da muss die Fantasie schon ein wenig mehr angeheizt werden. Und so ein attraktiver Mann, heilige Scheiße, wer sieht denn da nicht gerne hin?"

Heftiges Nicken der anderen versöhnte sie wieder.

Als Mascha die Noten verteilt hatte und sich neben Gaby setzte, flüsterte die ihr zu. „Diese Leonie ist wirklich eine ganz Nette."

„Stimmt, aber sie hat ein medizinisches Problem, das Männer abhält, die eigenen Nachwuchs wollen."

„Aber wenn schon Kinder da wären…?" Gaby grinste hoffnungsvoll und Mascha grinste zurück. „Ich werde sie zum Kaffee-Klatsch einladen, ich hoffe dein Norman hat auch Zeit?"

Dann mussten sie ihr Flüstern beenden, denn Friedel spielte einen Akkord und sah dann fragend in die Runde: „Hat jemand einen Wunsch?"

„Ja, ich." Gaby war aufgesprungen. *„Eine neue Liebe ist wie ein neues Leben."*

Ein Dach überm Kopf

Dieses Haus ist alt und hässlich, dieses Haus ist kahl und leer, denn seit mehr als fünfzig Jahren, da bewohnt es keiner mehr. -Das alte Haus von Rocky Docky -1955 gesungen von Bruce Low

Mascha Nussek war beim Planen ihrer nächsten Aktion, als das Telefon klingelte. Bisher war sie immer sehr zufrieden damit, wie gut ihre Vorschläge aufgenommen wurden, aber die Reaktion auf den ersten Kaffee-Klatsch am letzten Sonntag war wirklich überwältigend gewesen, mehr als sie je erwartet hätte. So viele Besucher hatte der „Dorfkrug" schon seit Jahren nicht gesehen.

Und die Begeisterung über den neugestalteten Chorraum war unüberhörbar. Das was früher wie ein langweiliges Hinterzimmer einer Dorfkneipe aussah, hatte sich fast zu einem Wiener Caféhaus gemausert.

Die kleinen Tische, die früher zu langen Tafeln zusammengestellt wurden, waren mit hellen Tischdecken versehen und strahlten vor den hellblauen Wänden. Schon die überraschten Blicke der Besucher waren die ganze Aktion wert gewesen, aber auch das finanzielle Ergebnis konnte sich sehen lassen.

Alle Frauen von den „Schlager-Goldies" hatten Kuchen gebacken, der sehr erfolgreich verkauft wurde und nicht wenig Geld in die Kasse gespült hatte. Aber das Schönste von allem war das Gemeinschaftsgefühl, das an diesem Sonntagnachmittag seit langem wieder zu spüren war. Und bei ihrem kleinen Auftritt mit alten Schlagern hatten am Schluss alle mitgesungen.

Mascha lächelte noch immer, als sie zum Telefon ging. Gaby meldete sich ganz aufgeregt. „Ich glaube, wir haben mit der netten Leonie einen Treffer gelandet. Norman hat mich eben gefragt, ob ich am Wochenende die Kids nehmen könnte. Er habe etwas Wichtiges vor. Und dabei hat er über das ganze Gesicht gestrahlt, so glücklich habe ich ihn schon lange nicht mehr gesehen. Vielleicht sollten wir auf diesem Gebiet weiter machen, wir sind echt gute Kuppelmütter."

Mascha lächelte. „So etwas Wichtiges wie die Liebe, sollte sich nie selbst überlassen werden. Ich bin schon ganz gespannt wie es weitergeht und wenn du andere Kandidaten hast, nur her damit. Wir greifen ihnen gerne unter die Arme oder geben ihnen einen Schubs in die richtige Richtung."

Beschwingt ging Mascha nach dem Telefonat zu ihrer Planung zurück. Damals als Norman ihnen beim Lackieren geholfen und sie seitlich von der Gaststätte gewartet hatten, war ihr eine neue Idee durch den Kopf geschossen, die sie seitdem nicht losließ.

Früher hatte es an dieser Stelle eine kleine Grünanlage gegeben. Aber die Bänke, auf denen man sich ausruhen oder den Blick über die blühenden Sträucher und den grünen Rasen genießen konnte, gab es schon lange nicht mehr. Irgendwer hatte dort seine überschüssige Kraft erprobt und nur Reste und Abfall zurück gelassen.

Offensichtlich fühlte sich niemand zuständig, aber gerade für Ältere wäre es wirklich schön wieder einen Ort zu haben, an dem man
sich ausruhen und gleichzeitig den neuesten Klatsch hören konnte.
Und natürlich sollte es auch gut aussehen.

Mascha hatte sich umgehört und informiert, um eine Veränderung
anzustreben, die pflegeleicht aber dennoch sehenswert war. Noch
waren allerdings einige Dinge offen, deshalb brauchte sie mehr
Vorlauf und vielleicht auch etwas Unterstützung, aber zum Pflanzen war es sowieso zu früh, noch war Sommer.

Am Dienstag zur Probe der „Schlager-Goldies" gab es gleich zu
Beginn ein großes Hallo für die erste Rückkehrerin aus dem alten
Chor. Schon am Sonntag nach ihrem Auftritt hatte Nadja, die auch
in ihrem Alter war, mit Mascha gesprochen.

„Wenn ich gewusst hätte, dass ihr jetzt so hübsche Lieder singt,
wäre ich schon längst zurück gekommen. Das war wirklich toll.
Nächste Woche bin ich wieder dabei."

Natürlich hatten die Frauen viele Fragen und Nadja, die ihre früher
lackschwarzen Haare, jetzt in einem gefälligeren sanften Braun
trug, fühlte sich fast wieder wie zuhause. Sie verstärkte den Alt von
Claudia schon gekonnt bei den ersten Liedern und schien genauso
viel Freude zu empfinden wie die anderen. Als sie jedoch nach dem
Abschluss der Chorprobe ihr Handy überprüfte, entdeckte sie eine
überraschende Nachricht, wegen der sie ganz erschüttert auf den

nächsten Stuhl sank. Die Frauen umschwirrten sie sofort.

„Um Himmelswillen, ist es dein Herz?"

„ Soll ich den Notarzt rufen?"

„Holt kaltes Wasser!"Jede der Frauen versuchte zu helfen, aber Nadja winkte nur ab. „Es ist eigentlich eine gute Nachricht, aber sie kommt zu einem Zeitpunkt, der nicht ungünstiger sein könnte. Das nimmt einem die ganze Freude. "

Nachdem sich die Frauen um sie gruppiert hatten und sie nur mitfühlende Gesichter sah, begann sie zu erklären. „Meine Enkelin Svenja und ihr Mann haben zwei Jungs und als sie jetzt wieder schwanger wurde, haben wir alle auf ein Mädchen gehofft. Aber jetzt hat sie mir die Nachricht geschickt, dass es diesmal Drillinge sind!"

„Das ist doch toll!", rief Mascha. „Dann ist bestimmt auch ein Mädchen dabei."

„Das ist nicht das Problem. Mit zwei Kindern ist ihre Wohnung jetzt schon viel zu klein und dann noch drei dazu? Wie soll das denn gehen?"

„Liegt es am Geld oder gibt es keine passenden Wohnungen?" Sigrid dachte wie immer praktisch.

Nadja seufzte. „Die beiden sind schon seit Wochen auf der Suche nach einem Häuschen mit Grundstück hier in der Nähe. Aber der Markt ist wie leergefegt, weil so viele aus der Stadt aufs Land ziehen wollen. Es ist zum Verzweifeln! Sie würden auch etwas nehmen, was noch in Ordnung gebracht werden muss, ihr Mann ist Bauingenieur, der kriegt das hin."

„So weit ich weiß, gibt es bei uns auch kaum noch etwas", begann Mascha, „oder fällt euch noch etwas ein?"

Alle überlegten schweigend, bis Claudia herausplatzte. „Und was ist mit Rocky Docky?"

Nadja sah sie verwundert an, bis Friedel in die Tasten griff und anfing zu singen.

„Dieses Haus ist alt und hässlich, dieses Haus ist kahl und leer, denn seit mehr als 30 Jahren lebt dort wirklich keiner mehr.

Das war jetzt angepasst, aber ich glaube solange steht das Haus in der Nelkenstraße wirklich leer. Deshalb nennen es die Leute Rocky Docky."

„Das Lied könnten wir auch ins Programm aufnehmen", überlegte Claudia. „Das hört sich gut an. Aber mein Vorschlag war ernst gemeint. Das Haus ist ein Schandfleck, aber immer noch ziemlich stabil. Bestimmt kostet es auch nicht so viel und wenn es jemand in Ordnung brächte, wäre das für die Gemeinde ein Segen."

Nadjas Gesicht war ein einziges Fragezeichen, da sie in einem Nachbarort wohnte, „Aber wieso steht es denn so lange leer oder spukt es da?"

„Das habe ich auch schon gehört." Sigrid beugte sich vor und flüsterte. „Meine Freundin wohnt dort in der Nähe, sie sagt gegen Mitternacht tut sich da so einiges. Man sieht Licht durch das Haus wandern und Schatten in den Fenstern, die vorüberhuschen. Sie geht dort auf keinen Fall nachts vorbei."

„Das ist doch Quatsch! Es gibt keine Gespenster und selbst wenn, warum sollten die Licht machen?" Mascha versuchte die Diskussion in die richtigen Bahnen zu lenken. „Wenn dort etwas ist, hat es bestimmt völlig natürliche Ursachen. Aber viel wichtiger ist doch die Frage nach dem Eigentümer. Wem gehört das Haus oder das Grundstück?"

„Keine Ahnung!" Claudia schüttelte den Kopf. „Irgendwann hat es die Gemeinde mal verkauft, an wen weiß ich nicht. Das war noch bevor wir eingemeindet wurden. Aber Fakt ist, dass dort so lange ich mich erinnern kann, keiner dauerhaft gewohnt hat."

„Wir sollten es uns gleich mal ansehen", schlug Friedel vor. „Wenn eine junge Familie damit ein Dach über den Kopf bekommt, sollten wir unbedingt eingreifen. Falls du dich jetzt wunderst, Nadja, dann hast du bestimmt noch nicht gehört, dass wir jetzt auch Miss Marple Konkurrenz machen und richtige Detektivinnen sind. Ich ja nicht so sehr, aber Mascha und die anderen haben schon mehrere Straftaten aufgeklärt, einen Diebstahl bei Professor Förster, eine Erpressung auf dem Apfelhof meiner Enkelin und einen miesen Typen, der Frauen um ihr Geld bringt. Und wenn ein Haus so lange leer steht und verfällt, dann ist das bestimmt auch ein Verbrechen."

Nadja war ganz gerührt. „Ein Glück, dass ich zu euch zurückgekehrt bin und wenn ihr mir helft, das wäre echt toll."

Also zogen die „Schlager-Goldies" gleich anschließend gemeinsam in die Nelkenstraße, um das Objekt zu besichtigen.

Das Haus sah in seinem schmutzigen Dunkelgrau wirklich ein wenig gruselig aus, hatte aber eine gute Größe und zwei Etagen. Hinter dem Haus gab es ein kleineres Gebäude, eine Werkstatt oder eine Garage und einen großzügigen, aber verwilderten Garten. Das Bauwerk schien tatsächlich stabil zu sein, nur das Dach sah schlimm aus, wie Gaby sachkundig feststellte, da sie früher in einem Baubüro gearbeitet hatte.

Nadja machte Fotos von außen, während die anderen nach Hinweisen auf Bewohner oder Eigentümer suchten. Aber weder am Gartentor, dem Briefkasten noch der Eingangstür, fand sich irgendein Namensschild.

Nadja schien von Haus und Grundstück sehr angetan und hatte die Fotos schon an ihre Enkelin und deren Mann geschickt. Noch gab es keine Antwort, aber das bremste die Aktivität der „Schlager-Goldies" kaum.

Bis auf das Gartentor war alles festverschlossen, doch als Mascha mit der kleinen Taschenlampe an ihrem Schlüsselbund in ein Fenster im Erdgeschoss leuchtete, sah sie Pizzakartons und leere Bierkästen. Sie grinste wissend und wandte sich an Sigrid. „Hat deine Freundin gesagt, wann sie die Gespenster gesehen hat?"

Die sah sie überrascht an, überlegte aber dann doch. „Das war letzten Montag als sie es mir erzählt hat, also hat sie vermutlich etwas am Wochenende gesehen."

Das könnte ich mir auch vorstellen, dachte Mascha und schmiedete einen Plan. Für den Rest der Woche versuchte sie im Internet etwas über den Eigentümer herauszufinden, aber das war fast unmöglich. Um wirklich genaue Angaben zu erhalten, müsste man den Grundbuch-Eintrag sehen und dazu brauchte sie erst einen begründeten Anlass.

Den gab es am Freitag, als Nadja mit dem Mann ihrer Enkelin vor ihrer Tür stand. „Wir haben uns das Haus noch einmal gründlich angesehen. Lukas ist sogar auf den Baum geklettert, um sich das Dach genauer zu betrachten. Wir denken, dass es geeignet wäre."

„Natürlich ist noch einiges zu machen, aber wenn das Dach erneuert ist, können wir uns bei den anderen Sachen noch etwas Zeit lassen", erläuterte Lukas. „Nur, wie finden wir den Eigentümer? Ich muss doch mit jemandem verhandeln können."

Prima, dachte Mascha. Das ist mein begründeter Anlass.

Dann bat sie ihre Besucher in die bequeme Sitzecke auf ihrem Balkon „Mich interessiert dieses Objekt auch, vor allem weil es ein Schandfleck für die Gemeinde ist. Und wenn eine junge Familie dort einziehen würde, wäre das die beste Lösung. Wenn ihr beide wirklich interessiert seid, helfen wir euch bei der Suche nach dem Eigentümer."

Lukas schaute sie überrascht an, nickte dann aber sehr überzeugt, als Mascha fortsetzte. „Als nächstes müssen wir zum Grundbuchamt, nur dort erfahren wir, wer als Eigentümer eingetragen wurde. Ob das dann schon ausreicht weiß ich nicht, aber notfalls suchen wir weiter. Ich versuche am besten gleich online einen Termin zu bekommen, an dem wir beide dort auftauchen können."

Sie sah den jungen Mann fragend an, der wieder nur erleichtert nickte. Vermutlich war er eher der Typ der zupacken konnte, dem aber der Amtsschimmel schon den Schweiß auf die Stirn trieb. Nachdem Mascha den schnellstmöglichen Termin gebucht hatte, verabschiedeten sich ihre Gäste deutlich erleichtert.

Am Samstag legte Mascha einen ausgiebigen Mittagsschlaf ein, um abends ausreichend fit zu sein. Nach 22.00 Uhr wählte sie die dunkelsten Kleidungsstücke, die in ihrem Kleiderschrank zu finden waren und zog darüber noch ihren dunkelblauen Regenmantel. Bewaffnet mit einer überdimensionalen Taschenlampe und Pfefferspray machte sie sich auf den Weg in die Nelkenstraße.

Schon als sie in die Straße einbog und sich dem Haus näherte, sah sie die wandernden Schatten in den Fenstern. Es war nur ein schwaches Licht, vermutlich Kerzen oder Handylicht. Als sie näher kam, hörte sie auch gedämpfte Musik. Immerhin machen sie keinen Riesenlärm, offensichtlich haben sie doch noch einen Funken Verstand, dachte sie.

Als sie das Gartentor öffnete, sah sie Licht aus dem Türrahmen blitzen, vermutlich war die Tür nur angelehnt. So leise wie sie konnte, schlich sie sich näher, um als erstes wieder in das Fenster zu spähen. Natürlich war es genauso, wie sie es erwartet hatte.

Da saßen sieben oder acht Jugendliche um einen Bierkasten herum, hörten Musik und aßen Pizza. Mascha musste unwillkürlich grinsen, so dumm war die Idee tatsächlich nicht, obwohl es sich dennoch um Einbruch handelte. Und das musste natürlich aufhören!

Sie schlich zur Eingangstür und riss sie so plötzlich auf, dass die meisten erschrocken zusammenzuckten oder ängstlich an die Wand zurückwichen.

„Also wirklich, das geht doch nicht. Ihr könnt doch nicht einfach in ein Haus einbrechen, das ist strafbar!"

Eines der Mädchen, das nicht ganz so schreckhaft war, wagte sich wieder nach vorne. „Aber wo sollen wir denn hin? Wir haben nirgends einen Raum für uns, Tante Mascha, äh Frau Nussek."

„Du kannst ruhig bei Tante Mascha bleiben, Janine. Schließlich kenne ich euch seit der Zeit, als ich Harry Potter vorgelesen habe. Und wahrscheinlich hast du recht, was den Raum angeht. Habt ihr euch schon mal umgehört, wo etwas frei sein könnte?"

Der größere der Jungs winkte verächtlich ab. „Da ist nichts. Wir können in die Kneipe gehen, aber dort dürfen wir keine Musik hören und auf die Dauer wird das zu teuer, ich bin ja noch Azubi."

„Wir haben auch mal im Partykeller von meinen Eltern gesessen", erzählte ein anderes Mädchen, „aber da wird man ständig kontrolliert."

„Wie wäre es denn mit einem Zirkuswagen, den ihr euch selbst gestalten könntet?"

Bei Maschas Vorschlag begannen die Augen der Kids zu leuchten.

„Wir könnten ihn ein wenig gruselig einrichten wie bei Harry Potter, das wäre cool", überlegte Janine gleich.

„Aber woher kriegen wir so ein Teil, das steht doch nicht gleich um die Ecke", wandte wieder der größere der Jungs ein.

Mascha grinste. „In diesem Fall schon. Bei Bauer Lüdtke steht ein solcher Wagen. Die Zirkusleute haben ihn einfach zurückgelassen, weil die Achse gebrochen war. Ihr müsst ja damit nicht reisen, es genügt, wenn ihr ihn an eine Stelle schleppt, wo er stehen kann und ihr ein wenig Freiraum habt. Wer von euch kommt an einen Traktor heran oder kennt jemanden, der das machen kann?"

Janine hob sofort die Hand. „Mein Bruder macht das bestimmt."

„Und ich weiß, wo er stehen kann."

Und schon steckten sie ihre Köpfe zusammen und Mascha ließ sie machen. Es reicht eine Idee zu haben, den Rest müssen sie selbst erledigen, dachte sie zufrieden, als sie gemeinsam mit den Kids das Haus geräumt hatte.

Den Dietrich, mit dem die Tür wieder verschlossen wurde, übersah sie jedoch nicht. Auffordernd hielt sie dem Sohn des Schlossermeisters ihre Hand hin und er händigte ihr den Dietrich ohne Widerspruch aus. Nachdem sie am nächten Tag noch Bauer Lüdtke vorgewarnt hatte, wartete sie ab. Wenn es Schwierigkeiten gäbe, würden sich die Kids schon melden. Viel wichtiger war das andere Problem, die Unterlagen über den Verkauf des Hauses in der Nelkenstraße, die im Archiv der Gemeinde lagern müssten. Aber da alle Verwaltungsaufgaben von der nahe gelegenen Stadt geregelt wurden, gab es den vorherigen Aktenkeller nicht mehr. Wer könnte darüber noch etwas wissen?

Sie überlegte, bis ihr die nette Frau Gellert einfiel, die sehr lange im Vorzimmer des Bürgermeisters gesessen hatte. Aber wo war sie jetzt? Im Ort hatte sie sie schon lange nicht mehr gesehen. Vielleicht war sie durch die Eingemeindung auch in die nahe Stadt versetzt worden?

Nachdem sie die anderen über ihre WhatsApp-Gruppe kontaktiert hatte, kam sie etwas weiter. Nadja wusste, dass die Tochter von Frau Gellert ihre Mutter nach einem schweren Unfall in einem Alten-und Pflegeheim untergebracht hatte, das am Stadtrand ganz in der Nähe lag. Mascha erwog gleich hin zu fahren, entschied sich aber doch zu warten, bis sie genau wusste, wer als Eigentümer des Hauses eingetragen war.

Der Besuch im Grundbuchamt, von dem sie alle viel erwartet hatten, war die nächste Enttäuschung. Nachdem Lukas die Gebühr entrichtet hatte, beugten sich beide gespannt über das riesige alte Buch, das noch handschriftliche Eintragungen enthielt. Die freundliche Mitarbeiterin hatte ihnen schon erklärt, dass die Grundstücksangelegenheiten der Gemeinden, die jetzt zum Stadtbezirk gehörten, noch nicht digitalisiert seien.

„Personalmangel, wie überall."

Für die beiden war dieser Fakt zunächst unwichtig, denn sie starrten sichtlich irritiert auf die einzigen Einträge zu den Besitzern des Grundstücks in der Nelkenstraße, eine Firma oder einen Verein, der NOVIS hieß und seit etwa zwölf Jahren ein Mike Gruber, ohne weitere Angaben.

„Was ist denn das für eine undurchsichtige Sache, das hilft uns doch nicht weiter", schimpfte Mascha leise.

Als sie das entmutigte Gesicht des jungen Mannes sah, setzte sie gleich nach. „Das ist eine echte Enttäuschung, aber ich habe noch ein Ass im Ärmel, irgendwer muss doch die Grundsteuer bezahlt haben?"

Auch da konnte die nette Mitarbeiterin nicht weiterhelfen. „Wenn es noch nicht digitalisiert wurde, wäre das vermutlich auch keinem aufgefallen. Haben Sie schon mal mit dem Postzusteller gesprochen, die Leute wissen meist mehr als andere?"

„Oder das Einwohnermeldeamt", schlug Lukas vor. „Der Typ muss doch irgendwo gemeldet sein."

„Bestimmt", bestätigte Mascha. „Nur wenn wir Pech haben, ist er in der Nelkenstraße angemeldet und wir sind wieder am Anfang. Aber ich habe eine andere Idee, die ich noch verfolgen möchte. Sie übernehmen das Meldeamt und ich suche mir jemanden, der bestimmte Dinge schneller finden kann."

Schon am Abend rief sie Claudia an und hatte Glück, weil der kleine Computerfuchs Max sich gerade bei seiner Oma verwöhnen ließ und über eine neue Suchaufgabe hell begeistert war.

Für Mascha hieß das aber zu warten. Da ihr das schon immer sehr schwer fiel, überzeugte sie sich in der Zwischenzeit, dass der Zirkuswagen auf einer Brache stand, die Bauer Lüdtke nach EU-Auflagen nicht bewirtschaften durfte. Und schräg hinter seinen Ställen wurde auch niemand gestört. Sie grinste. Ganz schön clever, diese Kids!

Dennoch ging ihr das Haus in der Nelkenstraße nicht aus dem Kopf. Wenn es vor sieben Jahren verkauft wurde, dann war das noch vor der Eingemeindung. Deshalb müsste es darüber im Ort oder beim jetzt zuständigen Amt noch Unterlagen geben.

Am nächsten Morgen versuchte sie es bei der jetzt verantwortlichen Stadtplanung. Als sie im Internet die Angaben zum Bereich überflog, fiel ihr der Name T. Kaiser auf. Das müsste doch die kleine Tammy sein, die damals alle Bücher über Bauen und Architektur aus der Bibliothek ausgeliehen hatte.

Natürlich war sie jetzt erwachsen, aber sie erinnerte sich sofort.

„Frau Nussek, das freut mich sehr, mal von Ihnen zu hören. Sie haben mich immer so unterstützt und ohne Sie hätte ich kaum studieren können. Kann ich Ihnen irgendwie helfen?"

Nachdem Mascha ihr Anliegen erläutert hatte, versicherte ihr

Tammy, dass sie sich so schnell wie möglich kümmern würde.

Schon am Abend klingelte sie an ihrer Wohnungstür. „Mir scheint, dass Sie dabei sind in ein Wespennest zu stechen. Ich dachte, es wäre besser, Ihnen das sofort zu erzählen."

Mascha bat sie in ihre Sesselecke und hörte aufmerksam zu.

„Ich wollte Ihre Bitte gleich erledigen, aber ich hatte kaum einen Blick auf die Unterlagen zur Nelkenstraße geworfen, als der Ressortleiter in mein Zimmer gestürmt kam und sie mir aus der Hand gerissen hat. Angeblich sei das alles streng geheim. Worum geht es denn da eigentlich?"

Mascha verdrehte empört die Augen. „Das ist doch wirklich das Allerletzte! Ich frage mich, wieso wir eigentlich Weihnachten feiern, wenn doch jeden Tag Männer geboren werden, die sich für Gott halten! Wie heißt denn dieser Typ eigentlich?"

Tammy kicherte noch, antwortete dann aber doch. „Der Ressortleiter heißt Gruber."

„Wie bitte?" Mascha sprang auf. „Das gibt es doch nicht! Kennen Sie auch den Vornamen?"

Tammy tippte kurz auf ihrem Smartphone. „Er heißt Rufus. Ist das wichtig?"

„Möglicherweise", überlegte Mascha und entschied sich dann, Tammy die ganze Odyssee zu berichten, die sie hinter sich gebracht hatten, um den Eigentümer von Rocky Docky zu ermitteln. Die war sehr beeindruckt. „Es kann natürlich wirklich eine zufällige Namensgleichheit sein", begann sie dann. „Aber so richtig kann ich nicht daran glauben, denn wenn etwas aussieht wie eine Ente und quakt wie eine Ente, dann ist es meist auch eine, hat meine Oma immer gesagt. Schon wegen seiner Reaktion gehe ich davon aus, dass dieser Mike Gruber aus dem Grundbuch in irgendeinem Verhältnis zu unserem Ressortleiter Rufus Gruber stehen muss."

„Das sehe ich auch so", schloss sich Mascha an. „*Jeder Zufall ist beachtenswert,* heißt es bei Miss Marple. *Wenn man feststellt, dass es wirklich nur ein Zufall ist, kann man ihn immer noch vergessen.* Genau das prüfen wir jetzt. Die Recherche zu Mike habe ich schon in Auftrag gegeben. Aber mich beschäftigt noch etwas anderes, was kann denn an diesen Unterlagen zur Nelkenstraße so geheim sein?"

Tammy krauste die Stirn, während sie überlegte. „Ich hatte ja schon einen Blick darauf geworfen, da war einiges geschwärzt. Ich vermute, dass es Verkaufsunterlagen aus der Zeit vor der Eingemeindung sind. Das einzige, was mir noch in Erinnerung ist, war eine handschriftliche Notiz, dass die Grundsteuer bezahlt sei, aber ich weiß nicht von wem."

„Das wird immer verrückter statt klarer, also muss ich wahrscheinlich noch ein wenig weitersuchen. Vielen Dank, Tammy, Sie waren eine große Hilfe und wenn wir den Fall lösen, kann sich eine junge Familie viel entspannter auf ihre Drillinge freuen."

„Ich bleibe auf jeden Fall dran", versprach die junge Frau.

Wie eigenartig der Verkauf an Mike Grubers tatsächlich gewesen sein musste, wurde Mascha erst am nächsten Tag klar, als sich Claudia und ein stolzer Max meldeten. „Das war ja absolut easy", erklärte der „Experte". „Der Mann wohnt in der Nelkenstraße, aber da wir wissen, dass das Haus leersteht, habe ich weiter gesucht. Er wohnt jetzt hinter schwedischen Gardinen, sagt Omi, und das schon seit dreizehn Jahren wegen mehrfachen Mordes."

„Dann kann er doch unmöglich vor zwölf Jahren ein Haus gekauft haben. Wer im Knast sitzt, ist doch gar nicht geschäftsfähig oder siehst du das anders. Da ist garantiert etwas faul!" Claudia schien erfreut, auf einen richtigen Skandal gestoßen zu sein."

„Da hast du absolut recht!" Mascha war erschüttert darüber, was hier alles zum Vorschein kam, immerhin konnte sie schon ahnen, welche Kreise das ziehen würde.

„Du hast uns wirklich sehr geholfen, Max. Dafür gibt es heute Sherlock-Holmes-Kuchen. Den habe ich extra für dich gebacken." Sie lächelte, als sie das strahlende Gesicht sah, schließlich würde nur Claudia wissen, dass es eigentlich ein Battenberg-Kuchen war, den sie aber nicht gelb-rosa, sondern dunkelbraun-weiß gefärbt hatte, um das berühmte Schottenmusters der Mütze von Sherlock Holmes zu imitieren.

Während Max sich begeistert auf seinen Kuchen stürzte, erzählte Claudia noch leise. „Ich bin so froh, dass es mit den beiden ge-klappt hat. Vanessa ist wirklich glücklich mit Ralf und der Kleine ist ebenfalls sehr zufrieden, seinen Computer-Helden als Vater zu bekommen.“

Noch lange, nachdem der stolze Max und Claudia sich verabschiedet hatten, grübelte Mascha über diesen sonderbaren Fall nach. Derartig wirre Eigentumsverhältnisse dürfte es doch eigentlich gar nicht geben? Wenn Mike Gruber nicht in der Lage war, zu dem genannten Zeitpunkt ein Haus zu kaufen, wer hat es dann getan? Dann kam ihr eine neue Idee. Gab es nicht in der Nachwendezeit auch Freigänger, die den Kurzurlaub von der Haft dazu genutzt hatten, um Häuser und Grundstücke von der Treuhandanstalt für den symbolischen Wert einer D-Mark zu kaufen?

Schnell sah sie im Internet nach. Nein, bei Mord gab es keinen Freigang. Also musste ein anderer in seinem Namen gekauft haben. Vielleicht wusste Mike Gruber davon überhaupt nichts und irgendjemand benutzte nur seinen Namen?

Vielleicht sogar Rufus Gruber selbst? Wer könnte mehr darüber wissen? Der frühere Bürgermeister? Nein, der hatte kurz vor der Eingemeindung einen Verkehrsunfall und war an den Folgen verstorben. Und Frau Gellert hatte auch einen schweren Unfall, das war doch sonderbar, oder?

Als Mascha auf einem großen Blatt alle Verbindungen aufzeichnete, fiel ihr die Häufung erst richtig auf. Der Bürgermeister hatte einen Unfall, Frau Gellert hatte einen Unfall und war da nicht noch ein Mitarbeiter, der bei der Inspektion eines Gerüstes abgestürzt war? Von ihm könnte sie nichts erfahren, da er seitdem ein Pflege-fall blieb. Blieb nur noch Mitarbeiter übrig, dessen Namen wusste sie aber nicht mehr. Hoffentlich konnte der noch befragt werden, denn so viele Unfälle kurz vor der Eingemeindung, das war absolut verdächtig. Oder war er vielleicht sogar derjenige, der an der Quel-le saß? Das wäre ja ungeheuerlich!

Sie musste unbedingt Klarheit in diese Angelegenheit bringen und überflog noch einmal ihre Notizen. Die nächste auf ihrer Liste wäre Frau Gellert, mit der müsste sie unbedingt sprechen. Als sie Nadja anrief, um Näheres über das Heim zu erfahren, schlug die gleich vor, mit zu kommen. „Ich kenne Frau Gellert von früher noch sehr gut, vielleicht ist sie zugänglicher, wenn ich dabei bin. Wir könnten uns morgen dort treffen und ich kann uns auch schon im Heim an-kündigen. Übrigens hat Lukas beim Einwohnermeldeamt das erfah-ren, was ihr schon vermutet habt. Dort ist nur ein Mike Gruber ge-meldet, sonst niemand."

„Allerdings weiß ich inzwischen, dass der schon seit Jahren im Gefängnis ist. Das macht alles noch komplizierter."

Am Abend klingelte Tammy erneut bei Mascha. Sie schien etwas bedrückt und blasser zu sein als sonst.

„Frau Nussek, da geht etwas sehr Schlimmes vor sich. Ich habe keine Ahnung, wem wir da auf die Füße treten, aber diese Leute sind brutal."

Mascha zog sie erschrocken in die Sesselecke und holte einen beruhigenden Tee. „Hat Sie der Gruber etwas bedroht?"

„Nein." Tammy schüttelte den Kopf. „Aber als ich heute von der Arbeit nachhause fahren wollte, waren alle Reifen an meinem Auto platt und unter dem Scheibenwischer war dieser Zettel."

Sie schob Mascha eine Bürofolie zu, zwischen die sie den Zettel geklemmt hatte, auf dem in großen Buchstaben stand:

NEUGIER IST DER KATZE TOD!!

Mascha sah erschrocken darauf, bemerkte aber auch, wie clever Tammy mögliche Fingerabdrücke gesichert hatte.

„Ich würde ja davon ausgehen, dass Sie etwas Wichtiges entdeckt haben müssen, dafür spricht diese Reaktion. Aber wenn Sie jetzt aufhören wollen, weil die Sache zu heikel wird, hätte ich dafür Verständnis."

„Auf keinen Fall!" Tammy schüttelte ihren Kopf so heftig, dass ihr die halblangen honigblonden Haare über das Gesicht fielen.

Sie schob die Strähnen energisch zurück. „Ich lasse mich doch nicht von so etwas einschüchtern, denn ich habe tatsächlich etwas entdeckt. Es gibt sieben Dossiers zu Grundstücken in dieser und in umliegenden Gemeinden, die alle in unserem Register als geschlossen gekennzeichnet sind. So etwas habe ich noch nie gesehen und so eine Kennzeichnung ist auch nicht üblich. Deshalb bin ich wirklich etwas besorgt, dass wir uns mit jemandem anlegen, dessen Einflussmöglichkeiten oder Reichweite wir nicht kennen. Aber andererseits geht es ja um uns, um unseren Ort, in dem ich bisher ganz gerne gelebt habe."

„Sie haben völlig recht, wenn es eng wird, holen wir uns fachliche Hilfe. Ich habe morgen noch ein Gespräch, das möglicherweise neue Erkenntnisse über den Hintergrund bringt und danach sollten wir uns noch einmal absprechen. Bis dahin seien Sie bitte vorsichtig und machen Sie einfach Dienst nach Vorschrift."

Deutlich erleichtert verabschiedete sich Tammy und versprach, sich bis zum nächsten Abend zurück zu halten. Mascha konnte nach diesem Gespräch lange nicht einschlafen.

Konnte es wirklich sein, dass in ihrer Gemeinde, für die sie sich damals so begeistert entschieden hatte, auch Menschen gab, die ohne jegliches Gewissen, andere betrogen, ihnen Schaden zufügten oder sie sogar töteten? Und sie hatte von alldem nichts bemerkt?

Am nächsten Morgen begrüßte sie wieder ein wunderschönes Sommerwetter und vertrieb die dunklen Gedanken der Nacht. Sie schaute kurz auf den Wetterbericht, nur erträglich warme Sonne und keinerlei Regen. Also könnte sie die kurze Strecke zum Heim auch mit dem Klappfahrrad fahren. Dafür zog sie eine leichte, blaue Caprihose zu einem Shirt an und packte die Regenjacke sicherheitshalber ein. Es konnte keinesfalls an ihrem Fahrtempo gelegen haben, dachte sie ironisch, aber sie war als erste am Ziel. Nachdem sie ihr Rad angeschlossen hatte, eilte sie zum Einlass, um sich anzumelden. Die Dame hinter dem Schalter ließ sie sich eintragen und zeigte ihr dann eine Frau, die mit dem Rücken zu ihnen im Rollstuhl saß. „Das ist Frau Gellert, aber ob sie heute einen guten Tag hat und mit Ihnen sprechen will, weiß ich nicht. Ihr Zustand ist sehr wechselhaft."

Mascha bedankte sich und näherte sich der Frau. Es gelang ihr gerade noch, ihr Erschrecken zu verbergen, denn die Frau, die da vor ihr saß, war nur ein kümmerlicher Abklatsch der lebenslustigen Frau, die sie kannte. „Frau Gellert, erinnern Sie sich an mich? Ich bin Mascha Nussek, die Bibliothekarin."

Die Frau drehte zwar den Kopf, schaute aber mit leerem Blick an ihr vorbei, so als ob sie ihren Blick nicht fokussieren könne. Sie murmelte zwar etwas, aber Mascha verstand nicht gleich, bis ihr die Dame vom Einlass zu Hilfe kam. „Sie möchte in den Garten, es gefällt ihr dort am besten."

Dankbar nickte Mascha und bewegte den Rollstuhl über die Außenrampe in Richtung der Rosenbeete, als Nadja heran eilte.

„Entschuldige bitte, aber es gab wieder fürchterlichen Stau."

Sie beugte sich zu der Frau. „Wie geht es dir, Marga? Wir müssen dich unbedingt was fragen, es geht um das Haus in der Nelkenstraße. Meine Enkelin will es kaufen. Stell dir vor, sie kriegt Drillinge und braucht dringend Platz."

Frau Gellert antwortete nicht, sondern deutete nur zu einem Platz, der weiter hinten zwischen den größeren Büschen lag.

Erst dort, nachdem sie sich umgesehen hatte und sicher war, von keinem beobachtet zu werden, richtete sie sich auf und schaute beide aus klaren Augen an. „Ihr könnt euch nicht vorstellen, wie lange ich schon auf diesen Tag warte."

Mascha und Nadja sahen sich überrascht an. „Du bist gar nicht…", begann Nadja, aber Frau Gellert unterbrach sie sofort.

„Nein, ich bin völlig normal und zurechnungsfähig. Aber wenn ich das jeden wissen ließ, würde ich bald nicht mehr leben."

Nadja schaute völlig überrascht und verständnislos, aber Mascha begann zu begreifen.

„Mir ist die Häufung der Unfälle vor der Eingemeindung aufgefallen, das waren vermutlich keine, oder?"

„Nein, ich habe das auch eine Zeit lang geglaubt und bin ziemlich naiv in die Falle getappt."

Mascha sah sich auf der richtigen Spur und fragte weiter. „Soweit ich das überblicken konnte, gab es einen einzigen Mitarbeiter, der in dieser Zeit keinen Unfall hatte, aber ich kann mich nicht an seinen Namen erinnern. War das möglicherweise Gruber, der jetzt in der Stadtplanung sitzt?"

Nachdem Marga Gellert wortlos genickt hatte, setzte Mascha fort.

„Es geht also nicht nur um die Nelkenstraße, oder? Uns sind bisher sieben Fälle bekannt, deren Verkauf nicht in Ordnung sein kann."

„Das reicht nicht!" Marga Gellert lachte höhnisch auf. „Der Mann hat kein Gewissen, er schreckt vor nichts zurück. Er hat wahrscheinlich mehr als zehn Grundstücke, bebaute oder unbebaute, für die symbolische D-Mark gekauft."

„Und hat seinen Verwandten als Eigentümer eingetragen", vermutete Mascha.

„Ja, Mike ist sein Bruder. Die beiden nehmen sich nichts, nur Rufus hat sich nie erwischen lassen."

„Aber hat denn keiner etwas bemerkt? Solche Verkäufe müssen doch notariell bestätigt werden, ehe ein Eintrag ins Grundbuch erfolgen kann." Mascha konnte sich das einfach nicht vorstellen, aber Marga Gellert hatte lange darüber nachgedacht.

„Ich weiß nicht, wie gut Sie sich an die Nachwendezeit erinnern? Damals gab es eine ganze Reihe von Grundstücken, deren Besitzer gar nicht zu ermitteln waren. Und wenn niemand Anspruch erhebt, fallen sie dem Fiskus zu, das heißt, die Gemeinde konnte sie verkaufen. Am besten konnte das natürlich der verantwortlich Mitarbeiter, der eingestellt worden war, weil andere gehen mussten. Er hatte eine Menge Ahnung auf diesem Gebiet und der neue Bürgermeister war froh, wenn man ihn zufrieden ließ. Mir fielen die Verkäufe natürlich auf und irgendwann vor der Eingemeindung habe ich den Bürgermeister darauf aufmerksam gemacht. Dann hatte er plötzlich einen Verkehrsunfall. Da habe ich mir noch nichts Schlimmes dabei gedacht, aber als ich den zweiten Mitarbeiter darauf hingewiesen hatte, dass die Verkäufe an einen Beschäftigten nicht rechtens sind, hat mir Rufus Gruber angedroht, dass ich auch einen Unfall haben könnte, wie der Bürgermeister."

„Er hat das wirklich zugegeben?" Mascha konnte das nicht fassen.
„Das hat er, aber ich habe ihn unterschätzt. Dann gehe ich eben zu
einer großen Zeitung, die sind an solchen Sachen immer interessiert, habe ich noch gekontert. Am gleichen Abend hat mich dann
ein Auto auf dem Gehweg angefahren und ich habe genau gesehen,
dass er am Steuer saß. Kurze Zeit später gab es dann den „Unfall"
an dem Gerüst. Ich bin also die letzte, die noch Bescheid weiß,
deshalb bekomme ich regelmäßig Post, in der mir ein qualvoller
Zustand angedroht wird, falls ich nicht meinen Mund halte. Deshalb gebe ich die verrückte Alte, das ist meine Lebensversiche-
rung."

„Und Sie besitzen auch noch diese Schreiben?" Mascha wagte
kaum zu hoffen, aber Marga Gellert lächelte listig. „Natürlich,
meine Tochter bewahrt sie auf. Und ich habe sogar noch mehr.
Ich habe die Kopien aller zehn Kaufverträge, die er unterschrieben
beziehungsweise gefälscht hat. Ich habe nur darauf gewartet, dass
sie in die richtigen Hände kommen und ich damit endlich meine
offene Rechnung mit diesem Schuft begleichen kann. Und ihr seid
doch diese Detektivinnen, von denen mir meine Tochter erzählt
hat?"

Mascha nickte nach außen sehr überzeugt, obwohl sie jetzt schon
ahnte, dass dieser Fall damit auch nicht einfacher werden würde.
Nachdem Frau Gellert ihre Tochter informiert hatte, klappte Mascha ihr Fahrrad zusammen, verstaute es in Nadjas Kofferraum und

fuhr mit ihr zu der Tochter, um die Kopien abzuholen. Zu ihrer eigenen Sicherheit verpflichtete sie Nadja auch noch zu absoluter Verschwiegenheit.

Als Tammy am Abend kam, hatte Mascha bereits eine Strategie ausgearbeitet, wie sie den Fall ohne Personenschaden klären könnte. Es lohnt sich immer, gute Beziehungen gepflegt zu haben, dachte sie zufrieden, nach dem Gespräch mit der zuständigen Staatsanwältin Christiane Brückner. Sie hatten sich einmal bei einem Vortrag kennen- und schätzen gelernt und waren in Kontakt geblieben. Also würde ihr Kopierer jetzt eine Extraschicht einlegen müssen, um ausreichend Beweis-Material zu haben.

Tammy war höchst zufrieden, als sie die Unterlagen sah und überflog die Adressen der Grundstücke.

„Jetzt verstehe ich die Differenz. Die drei Häuser, die in unserer Datei fehlten, sind vor zwei Monaten verkauft worden. Und dabei ging es um extrem hohe Summen."

„Was ich überhaupt nicht nachvollziehen kann", wandte Mascha ein. „Wieso hat er die Häuser nicht weiter verkauft? Die Nelkenstraße steht doch schon ewig leer."

„Wahrscheinlich wollte er mit dem Verkauf warten, bis er in Rente ist, da wäre kaum noch jemand dahinter gekommen, aber die angekündigte Digitalisierung des Grundbuches kam ihm vermutlich dazwischen. Auf jeden Fall genügt das, was wir jetzt an Beweisen haben. Ich spreche gleich morgen mit dem Bürgermeister, der muss sofort reagieren, schon um Schaden von seinem Amt abzuwenden."

„Ich würde ja mit Ihnen gehen, aber ich treffe mich morgen früh mit der zuständigen Staatsanwältin, ich habe sie aber auch schon telefonisch informiert. Ich hoffe, dass Gruber bis dahin bereits festgenommen ist und wir alle wieder ruhiger schlafen können. Hat er sich heute auffällig verhalten?"

Tammy verstaute gerade die Unterlagen und schüttelte nur den Kopf.

„Ich habe ihn kaum gesehen, deswegen kann ich das schlecht einschätzen. Aber ich hatte einen langen Tag und mache mich jetzt besser auf den Weg. Das wird morgen auch nicht leicht werden."

„Sie gehen doch jetzt in der Dunkelheit nicht zu Fuß?"

Tammy lachte. „Es sind doch nur zwei Straßen weiter."

Aber Mascha durchfuhr plötzlich die Erinnerung an den Unfall von Marga Gellert und sie änderte spontan ihr Vorhaben.

„Ich komme einfach ein Stück mit, es ist ja ein schöner Sommerabend."

Tammy schaute zwar etwas irritiert, schloss sich aber widerspruchslos an. Es war wirklich ein schöner Abend und noch ausreichend hell. Mascha genoss die laue Luft und unterhielt sich mit Tammy, als plötzlich ein dunkles Auto mit hoher Geschwindigkeit die Straße entlang raste.

Beide blieben stehen, um den Moment abzuwarten, bis dieser Raser vorbei war, aber der Wagen hielt direkt auf sie zu, so dass sich Mascha und Tammy gerade noch mit einem kühnen Sprung über die Gartenmauer eines Hauses in Sicherheit bringen konnten. Dann schwenkte der Wagen wieder zur Straße und fuhr weiter.

 Nur Sekunden später folgte ein Streifenwagen der Polizei, ein zweiter sperrte die Straße etwa hundert Meter voraus so ab, dass der dunkle Wagen eingekeilt blieb.

Mascha und Tammy standen zunächst wie erstarrt und beobachteten nur noch atemlos, wie ein Mann aus dem Auto sprang und zu fliehen versuchte, aber schließlich von den Polizisten überwältigt und festgenommen wurde.

„Also ich brauche jetzt einen Moment", sagte Mascha schweratmend und setzte sich auf die niedrige Gartenmauer.

Auch Tammy ließ sich neben sie fallen. „Ich fasse das nicht, der wollte uns wirklich einfach überfahren! War das Gruber, ich konnte ihn nicht sehen?"

Kurze Zeit später kam einer der Polizisten auf sie zu. „Sind Sie in Ordnung? Ist eine von Ihnen zufällig Frau Nussek?"

„Ja, das bin ich." Mascha stand wieder auf, aber die Auskunft genügte dem Beamten schon.

„Ich wollte nur sichergehen, dass Ihnen nichts passiert ist. Die Staatsanwältin hatte unsere Abteilung schon informiert und wir wollten Gruber gerade festnehmen, als er mit einem nicht gemeldeten Zweitwagen davon schoss. Wir sind ihm gefolgt und haben alles gesehen, aber nichts mehr verhindern können. Brauchen Sie medizinische Versorgung? Dann würden wir Sie zur nächsten Klinik bringen."

Mascha bedankte sich, lehnte aber ab. Als die Polizei verschwunden war, sah sie Tammy prüfend an. „Du hast dich tapfer gehalten, Tammy. Ich hoffe, ich darf beim Du bleiben. Aber jetzt müssen wir uns etwas erholen. Wenn du möchtest, kannst du heute gerne in meinem Gästezimmer übernachten. Wir sollten jetzt beide nicht alleine sein."

Die Tränen der Erleichterung bei Tammy sagten alles und so wurde es dennoch eine ruhige Nacht, der ein Tag folgte, an dem endlich der unerträglichen Arroganz, Überheblichkeit und Anmaßung eines Rufus Gruber Einhalt geboten wurde.

Tammy, die nach dem Gespräch mit dem Bürgermeister, als kommissarische Ressortleiterin eingesetzt wurde, berichtete Mascha am Abend von zahlreichen Mitarbeitern und vor allem Mitarbeiterinnen, die erst jetzt wagten, sich über die Übergriffe und Erpressungen dieses Mannes zu beschweren.

Die Hintergründe der Unfälle prüfte inzwischen die Staatsanwaltschaft, deren Hauptzeugin Marga Gellert inzwischen das Heim verlassen hatte und wieder bei ihrer Tochter lebte.

Als Mascha am Dienstag zur nächsten Chorprobe kam, saßen die Frauen schon erwartungsvoll auf ihren Plätzen. Natürlich hatten sie über die Festnahme von Rufus Gruber in der Zeitung gelesen oder den Dorfklatsch gehört, aber alles aus erster Hand zu erfahren war viel spannender.

Nachdem Mascha alles ausführlich berichtet hatte, fiel ihr auf, dass Nadja noch fehlte. Sie sah sich um. „Weiß jemand wo Nadja ist?"

„Die kommt etwas später", begann Claudia gerade lächelnd zu erklären, als sich die Tür öffnete und zunächst nur ein großes Kuchentablett zu sehen war.

„Meine Enkelin hat für euch gebacken, sie ist überglücklich", rief Nadja. Ihr folgte der Wirt Günther mit einer großen Kaffeekanne und einer Flasche Sekt.

„Heißt das, dass sie Rocky Docky doch bekommen werden? So schnell?"

Mascha konnte das kaum glauben, aber Nadja strahlte wie eine aufgehende Sonne. „Tammy hat uns angerufen, nachdem sie selbst mit einem Taxator auf dem Grundstück war. Sobald der Preis feststand, haben Svenja und Lukas den Kaufvertrag unterschrieben und ich kann jetzt in aller Ruhe Babymützchen stricken."

Sie wies auf das Tablett und die anderen Sachen. „Das alles ist ein kleines Dankeschön an euch, ihr seid wirklich eine tolle Truppe!"

Nachdem die ersten Kostproben bewertet und hochgelobt waren setzte sich Friedel an Klavier, griff in die Tasten und sah Nadja fragend an. „Der Kuchen war köstlich, dafür hast du natürlich einen Wunsch frei."

Die überlegte nur einen Moment und zog dann ein Blatt aus der

Tasche. „Wir haben in der Familie gemeinsam das Rocky Docky-Lied umgedichtet. Und zu Friedels Begleitung begann sie dann zu singen:

Diese Haus ist nicht mehr hässlich, dieses Haus steht nicht mehr leer. Und wenn unsre Enkel spuken. stört das keine Nachbarn mehr.“

Der Kampf gegen die Müll-Mafia

Und heut Abend hab ich Kopfweh, wenn du sagst, komm doch her –
2010 gesungen von Ireen Sheer

„Das machen wir natürlich gerne!"
Mascha Nussek legte erfreut den Hörer auf. Das was sie gerade
telefonisch vereinbart hatte, würde der zweite große Auftritt werden, seit sie die „Schlager-Goldies" waren. Die Anfrage von „Meditech" war sehr erfreulich, aber doch auch sehr überraschend.
Von dieser Firma hätte sie nie irgendwelches Interesse für ihren
kleinen Chor erwartet. Immerhin arbeiteten dort überwiegend junge
Leute und ausgerechnet die wünschten sich ein Programm mit alten Schlagern. „Das lässt mich für die Zukunft wieder hoffen",
murmelte Mascha und trug die Termine in ihren Tischkalender ein.
Der erste Termin war für die genaue Absprache vor Ort und für den
zweiten müsste sie mit den anderen in der nächsten Chorprobe
sprechen. Die Firma *Meditech*, die irgendwelche Teile für die Me-
dizintechnik herstellte, gab es noch nicht lange, aber dem Ort tat es
gut, dass neue Arbeitsplätze entstanden waren. Es würde interessant sein, sich alles genau anzusehen und später gemeinsam dort zu
singen.
Der Gedanke an den Auftritt beflügelte Mascha immer noch, als sie
sich, wie üblich am Dienstag, auf den Weg in Richtung „Dorfkrug"
machte. Da das Wetter schon etwas herbstlicher wurde, hatte sie

zum ersten Mal seit langem wieder zu einer warmen Strickjacke gegriffen, deren kupferrote Farbe ihre braunen Haare leuchten ließ.

Wie immer registrierte sie wo im Ort etwas verändert war, wo etwas besser aussah als vorher, aber auch wo Menschen Papier oder Abfälle einfach wegwarfen, ohne an die Konsequenzen zu denken.

So wie an der Haltestelle für den Bus der in die nahe gelegene Stadt fuhr.

Obwohl ein großer Abfallbehälter bereit stand, lagen daneben massenweise Getränketüten und Verpackungen von Süßigkeiten. Kopfschüttelnd bückte sich Mascha und sammelte alles ein.

Umwelt- und Klimaschutz beginnt hier, dachte sie grollend und besteht nicht nur aus Demonstrationen und Forderungen an andere.

Und ganz bestimmt nicht nur aus Streiks!

Den anderen Frauen schien es ähnlich zu gehen, denn als sie das neu gestaltete himmelblaue Chorzimmer betrat, schien schon eine wilde Diskussion zu Umweltproblemen im Gange zu sein.

„Wir müssen uns gegen solche Schweinereien wehren. Diese Leute verteilen ihren Müll überall und verschwinden dann über Nacht", schimpfte Claudia. „Meine Schwester hat mir davon erzählt und eine Freundin, die auf der anderen Seite des Sees wohnt, hat das auch erlebt."

„Worum geht es denn? Ich habe mich auch gerade geärgert, weil die Leute einfach alles wegschmeißen, obwohl es Abfallbehälter gibt."

„Darüber könnte ich mich jeden Tag aufregen", stimmte Gaby zu.
„Das ist die Generation *Lass fallen – Mama macht's weg*! Die werden schon so erzogen, denn die Mütter räumen ihnen alles hinterher, damit das Kind ja keine Pflichten, sondern eine schöne Kindheit hat. Als ob wir die nicht auch gehabt hätten, obwohl wir Aufgaben im Haushalt hatten."

„Du siehst das falsch!" Sigrid grinste etwas boshaft bei ihrer Erklärung, „Die warten darauf, dass das Kind alleine erkennt, was zu tun ist. Ein richtige Erziehung kann man sich dabei natürlich sparen."
Alle lachten, bis Claudia abwinkte. „Leider ist das Problem von dem ich rede nicht so einfach. Da entwickelt sich ziemlich schnell etwas, das wirklich kriminell ist. Irgendwelche Leute meist aus einem Familienclan in der Stadt, mieten ein Grundstück, eine Wiese oder auch ein leerstehendes Haus für einen ziemlich hohen Preis. Dann organisieren sie oder ihre Verbindungsleute die supergünstige Abholung von Sperrmüll, Bauschutt, Industrieabfällen, Sondermüll oder Ähnlichem. Jeder, der seinen Abfall preiswert loswerden will, wird bedient. Wenn das Grundstück dann voll gemüllt ist oder sich jemand beschwert, verschwinden diese Leute einfach wieder oder behaupten, sie hätten an andere weiter verpachtet und wüssten von nichts. Diese anderen sind natürlich auch nicht zu finden oder ihre Firma ist gerade insolvent. Bisher mussten dann die Gemeinden oder die Leute selbst den Abtransport bezahlen. Und die Belästigung für die Anwohner bleibt dann wochenlang. Denn wie wird

man Sondermüll oder etwas anderes wieder los, wenn es vorher schon keiner haben wollte oder dessen Entsorgung doppelt so teuer ist? Von Giften oder ätzenden Chemikalien ganz zu schweigen. Das bringt nicht nur die Gemeinden oder die Anwohner in Schwierigkeiten, sondern auch die Umwelt, von der ich hoffe, dass meine Enkel auch noch etwas davon haben. "

„Es wäre furchtbar wenn so etwas hier Fuß fassen sollte!" Mascha war entsetzt. „Macht denn keiner etwas dagegen?"

„Doch, doch, die zuständigen Ämter erlassen Auflagen gegen solche Praktiken und fordern die Räumung, aber wenn die Leute verschwunden sind, sucht sie vermutlich keiner mehr."

„Also müssen wir uns rechtzeitig wehren!" Mascha gab sich kämpferisch. „Wir machen ab jetzt Dienstags „for future". Aber bei uns gibt es keinen Streik und keinen großen Protest, wir handeln! Wir haben uns bisher solche Mühe gegeben, den Ort schöner und liebenswerter zu machen und die saubere Luft zu bewahren. Da wäre so etwas absolut kontraproduktiv. Hat jemand schon etwas Konkretes gehört, wo wir eingreifen müssten?"

Als alle mit dem Kopf schüttelten, setzte Mascha fort. „Dann lasst uns wachsam bleiben und mit vielen darüber reden, damit wir dann schnell reagieren können. Aber jetzt habe ich noch zwei tolle Neuigkeiten: Wir haben im nächsten Monat einen Auftritt und ich habe ein neues Projekt geplant, das ganz gut zu unserer Diskussion passt."

Als wäre es ein Zauberwort, löste schon die Ankündigung eines Auftritts hektische Betriebsamkeit aus. „Was singen wir?"

„Was ziehen wir an?"

„Wo treten wir denn auf?" Die Fragen schwirrten nur so um Mascha, bis sie ihre Notizen aus der Tasche zog.

„Wir werden zum Betriebsfest der „Meditech" auftreten, das ist die Firma, die im Gebäude der früheren Schule sitzt."

„Aber das sind doch alles superjunge Leute, was sollen wir denn da? Die werden uns Omis doch auslachen." Die weißhaarige Friedel sprach aus, was die anderen auch dachten und die Begeisterung schien wieder zu verfliegen. Mascha lächelte, weil ihr der Gedanke auch kurzzeitig durch den Kopf geschossen war, aber der Firmenchef hatte sie beruhigt.

„Stimmt, das sind alles junge Leute, aber der Direktor hat mir erzählt, dass bei denen ein Oldie-Radiosender den ganzen Tag läuft. Und er hat mir ausdrücklich bestätigt, sie wünschen sich ein Programm mit Liedern aus den 50-ger und 60-ger Jahren, weil sie ausgesprochene Schlager-Fuzzis seien."

„Ja dann, können wir demnächst aus unserem Repertoire was Schönes, was Passendes für junge Leute aussuchen. Noch ist ja Zeit", beruhigte sich Friedel sichtlich.

„Um welches Projekt geht es denn noch?" Claudia war immer noch zornig wegen der Müllgeschichte und hoffte, sich ein wenig ablenken zu können, als Mascha ein bemaltes Blatt aus der Tasche zog.

„Ich habe mal aufgezeichnet, wie wir den kleinen Platz neben Günthers Kneipe wieder umgestalten könnten. Früher war das ja mal eine Grünanlage, auf der man sitzen und entspannen konnte und so soll es wieder werden."

„Das ist wirklich hübsch, da will man gerne sitzen, aber wie sollen wir das machen? Büsche pflanzen ist sicher kein Problem, aber der Rest?" Gaby sah sich fragend um, während Friedel gleich praktisch dachte.

„Meine Tochter hat in ihrem Garten einen Fliederbusch, der fürchterlich viele Ableger hat. Die müssen unbedingt weg, die könnte ich mitbringen."

„Ich könnte einen kleinen Magnolienbaum beisteuern", überlegte Sigrid, „aber wer soll den Rasen und die Büsche wässern, damit sie wirklich anwachsen. Einmal in der Woche wird nicht genügen und Wasser ist knapp."

„Das ist ein echtes Problem…" begann Mascha, als Nadja sie gleich wieder unterbrach.

„Und wenn wir was ganz Verrücktes daraus machen? Solche Gärten mit weißem Kies, wie sie die Japaner haben? Das hat eine beruhigende Wirkung und kostet auch nicht so viel und außerdem sparen wir uns den Rasen. Die Büsche in der Mitte oder am Rand kann man über Rohrtanks bewässern, das habe ich im Garten-Center gesehen. Aber Bänke dürften ein großes Problem werden, die sind wirklich teuer."

„Ich habe schon mit Günther gesprochen", erklärte Mascha. „Als diese Idioten damals alles kaputt gemacht haben, hat er drei Metallgestelle gerettet. Die liegen in seiner Garage und brauchen nur einen frischen Anstrich. Aber um die Holzstreben muss ich mich noch kümmern."

„Da hilft uns Lukas ganz bestimmt", rief Nadja sofort. „Für uns würde er zurzeit alles machen, schon wegen Rocky Docky. Außerdem wird dort noch am Dach gearbeitet, deshalb muss er sich für die Innenräume noch etwas bremsen und hätte Zeit.

„Gut, dann kümmere ich mich um den Kies, die Farbe und noch ein paar Büsche und dann legen wir am Samstag los, da haben unsere Helfer auch Zeit. Seid ihr alle dabei?"

„Natürlich", meldete Friedel und salutierte locker. „Aber jetzt lasst uns endlich etwas Passendes singen."

Gleich als sie in die Tasten griff, setzten die Frauen ein und im vorderen Raum der Gaststätte bekamen die wöchentlichen Zuhörer das volle Blumen- und Gartenprogramm zu hören, von *Weißer Holunder, Weiße Rosen aus Athen, Tulpen aus Amsterdam, Rote Rosen* bis zum *Rosengarten von Sanssouci*. Eine Auswahl, die viele glücklich schmunzeln ließ und wieder zum lebhaften Ortsgespräch beitrug.

Ähnlich denkwürdig war auch der Einsatz am Samstag.

„Zum Glück bin ich vorbereitet", raunte Mascha den anderen zu, als sie fassungslos die Massen betrachtete, die zur Mitarbeit strömten. Sie hatte alle Arbeitsgänge aufgelistet und verteilte jetzt die Aufgaben, die auch zeitlich schon gestaffelt waren.

Es dauerte nicht lange, bis zwei der Azubis, die mit Janine gekommen waren, die vier jungen Zierbäume eingepflanzt hatten. Inzwischen lackierten andere unter Claudias Aufsicht die Metallbänke und ließen sie trocknen. Als nach Friedels Anweisungen auch die Büsche in der Mitte und als Umrandung gepflanzt waren und alle die neuen Rohrtanks gebührend bewundert hatten, legte Mascha eine Pause ein.

Günther kam mit einem riesigen Tablett mit Radlern und Saft, während zwei Frauen vom Sportverein große Teller mit Schmalzbrot brachten. „Wir finden toll, was ihr hier macht! Wir wollten auch dabei sein, gerade jetzt."

„Wieso gerade jetzt?" Mascha hatte sofort ein ungutes Gefühl und wollte es genau wissen.

„Der junge Ataman, der die Tochter von Bauer Scheffler geheiratet hat, soll das Grasland hinter der Scheune verpachtet haben, vermutlich an solche Umweltschweine die dort Müll lagern. Wir finden das unmöglich, nur wissen wir nicht, wie wir uns wehren könnten. Aber wenn viele mitmachen, schaffen wir es vielleicht sie zu vertreiben."

Mascha nickte. „Genau darum geht es uns auch. Das ganze Dorf muss sich wehren! Und wir müssen das auch deutlich machen.

Ich bereite einen Plan vor, brauche dafür aber noch ein wenig mehr Zeit, um alles gründlich zu überlegen. Bisher hatten wir bei unseren Ermittlungen mehr Glück als Verstand und hier geht es schließlich um alles. Bis Dienstag schaffe ich das, kann ich dabei mit euch rechen?"

„Mit uns und dem gesamten Verein. Garantiert!"

Als die beiden wieder gingen, hatte Mascha ihre Handynummern eingespeist und ihr Gehirn lief schon auf Hochtouren.

Aber zunächst musste das aktuelle Projekt abgeschlossen werden, obwohl die Gerüchte über mögliche weitere Verpächter schon die Runde machten.

Fast zeitgleich erfolgten dann kurz vor Mittag die letzten Aktivitäten. Lukas schraubte die restlichen Holzstreben auf die Bänke und Bauer Lüdtke kippte den Kies auf die vorgesehene Fläche. Nachdem die Harken schon die ersten Muster gezogen hatten, stimmten die „Schlager-Goldies" zum Abschluss ein Lied an.

Zu *Feierabend, das Wort macht jeden munter,* konnten alle noch einmal die kleine Anlage bestaunen, die gemeinschaftlich entstanden war.

„So muss es weiter gehen", rief Mascha. „Unser Ort soll schön bleiben, deshalb werden wir gegen die Müll-Mafia kämpfen." Sie sah viel Zustimmung, aber auch leichte Zweifel auf einigen Gesichtern, aber davon ließ sie sich nicht entmutigen.

Für den Rest des Wochenendes las sie alles, was sie über Vertrags-
gestaltung finden konnte und auch, wie andere Gemeinden auf die
Müll-Mafia reagiert hatten. Natürlich hatten die Ämter überall ihre
Verantwortung wahrgenommen, hatten Bescheide erlassen und
Strafen angedroht, aber letztendlich war alles wirkungslos geblieben. Diese Leute waren skrupellos und nutzten die Lücken der Ge-
setze und auch die Geldgier mancher ahnungsloser Verpächter
eiskalt aus.

Das brachte sie zu der Überlegung, dass man diese Sache am besten von mehreren Seiten und auch etwas ungewohnt angehen musste. Das ganze Dorf sollte mitmachen und besonders in den betroffenen Familien müsste sofort etwas passieren. Aber was genau?
Wie sollte sie das angehen? Nachdem sie eine Weile auf ihrem
Balkon gestanden und sich an dem vielen Grün erfreut hatte, schien
ihr eine zündende Idee zuzufliegen, die ein wenig eigenwillig war,
sie aber wieder lächeln ließ. Sie griff noch einmal nach dem Buch
über griechische Theaterstücke und las mit freudigem Grinsen
nach. Wenn das klappen würde, das wäre der Hammer!

Am Dienstag machte sie sich voller Optimismus auf den Weg zur
Chorprobe, begutachtete aber zuerst die neugestaltete kleine Grünanlage, auf der einige ältere Frauen die warme Sonne und die
neuesten Gerüchte genossen. „Das habt ihr wirklich gut gemacht!"
Eine Frau, die ihren Rollator neben die Bank geschoben hatte,

winkte ihr zu und Mascha grüßte erfreut zurück.

Im Chorzimmer warteten alle, wie immer schon sehr gespannt auf Maschas Plan. Als sie ihre Notizen aus der Tasche zog, fiel ihr auf, dass noch ein Stuhl in der vorderen Reihe frei war.

„Sigrid ist unterwegs, sie kommt gleich, aber wir sollen schon anfangen", rief Claudia.

„Wenn wir uns erfolgreich gegen diese skrupellosen Typen behaupten wollen, dürfen wir nicht auf staatliche Auflagen setzen, denn die bewirken nichts", erklärte Mascha. „Wir müssen erreichen, dass die Müll-Mafia bei uns und überall abgelehnt wird, dass ihnen keiner mehr etwas vermietet oder verpachtet."

„Das wird aber nicht einfach, weil sich die meisten durch die hohe Pacht oder Miete verlocken lassen", gab Gaby zu bedenken.

„Genau", bestätigte Mascha, „und deswegen müssen wir anders herangehen. Ich setze auf die Lysistrata-Strategie."

Da sie nur fragende Gesichter sah, fuhr sie fort. „Das ist wieder mal typisch: Wenn Frauen gute Ideen haben, taucht das selten im Schulstoff auf. „Lysistrata" ist eine Komödie aus dem alten Griechenland. Die Handlung beginnt mit einem Krieg zwischen Athen und Sparta, der schon über 20 Jahre dauert und die Männer sind nicht bereit, ihre Streitigkeiten beizulegen. Daraufhin beschlagnahmen die Frauen unter Führung von Lysistrata die Kriegskasse und verschanzen sich auf der Akropolis. Bis die Männer bereit sind Frieden zu schließen, gibt es keinen Sex und keine Zuwendung für ihre Männer. Das gleiche Vorgehen fand in Sparta statt und die Klugheit und Konsequenz der Frauen führte tatsächlich zum Ende des Krieges. Ich finde dieses Beispiel sehr lehrreich."

Die Frauen kicherten, schauten aber noch zweifelnd und warteten auf weitere Schritte dieser Strategie, als sich die Tür öffnete und Sigrid mit einer jungen Frau eintrat, deren verweintes Gesicht auf einen heftigen Kummer verwies.

„Entschuldigt bitte die Verspätung." Sigrid schob die junge Frau auf ihren Platz und zog sich einen anderen Stuhl heran. „Das ist Tanja, die Tochter von Bauer Scheffler."

„Ihr kommt genau richtig", erklärte Mascha. „Ich bin gerade dabei zu erläutern, wie ich mir die Lysistrata-Strategie vorstelle."

Sigrid pfiff überrascht durch die Zähne. „Das ist eine Super-Idee! Das brauchst du Tanja nicht im Einzelnen zu erklären, sie war schon oft als Komparsin am Theater und wir hatten bereits eine ähnliche Idee."

Die junge Frau nickte. „Ich habe bisher versucht ganz normal mit meinem Mann zu reden, er ist ja nicht dumm. Er sieht nur das Geld, weil er Angst hat, dass er in nächster Zeit seinen Job verliert und das Angebot von irgendeinem Kumpel erschien ihm als die Lösung. Er hat immer in der Stadt gewohnt und versteht nicht, was uns hier im Dorf zusammenhält. Wenn ich ihn irgendwie umstimmen kann, dann mache ich das auch, egal womit."

Mascha lächelte zufrieden. Das lief ja besser als erwartet.

„Ich muss den anderen noch erklären, dass unsere Lysistrata-Strategie noch etwas weiter geht, als bei den Athenerinnen. Bei uns bedeutet sie Liebesentzug auf allen Ebenen. Alle Frauen in unserem Dorf müssen jeden Mann, der einen solchen perfiden Müll-Vertrag abschließt oder abschließen will, mit Liebesentzug bestrafen. Für die Frauen oder Freundinnen bedeutet das No Sex, aber auch kein Lieblingsessen, kein Kuscheln, kein nettes Wort. Für alle anderen bedeutet es, absolute Nichtachtung, keinen Gruß, keinen Gefallen, keinen Besuch, keine freundliche Bedienung oder Ähnliches. Wer uns derartig schaden will, wird durch den gesamten Ort geächtet, bis er ein Einsehen hat."

Die Frauen klatschten Beifall, als sich Mascha wieder setzte.

„Aber wie bringen wir das an die Masse? Wir können es ja nicht mit der Post schicken", wandte Friedel ein.

„Das wäre vermutlich zu langsam", überlegte Claudia. „Aber bisher haben sich Gerüchte doch auch fast von selbst verbreitet. Wir müssen einfach nur alle dort informieren, wo wir außerdem noch Leute kennen. Ich übernehme den Nähzirkel und die Seniorenbetreuung."

„Wir sollten auch die Leute am Seeufer nicht vergessen, ich könnte das mit Lilian Förster gemeinsam machen", erklärte Sigrid.

„Dann informiere ich den Sportverein und den Lebensmittelladen."Mascha machte sich gleich Notizen.

„Ich rede mit der Feuerwehr", rief Gaby. „Wir brauchten aber ein

Blatt, auf dem das Wichtigste steht."

„Das bereite ich gleich vor, ich hoffe, dass die mir bei „Meditech"
ausreichend Kopien machen können."

Mascha notierte auch das gleich und sah noch auf ihr Blatt, als
Nadja vorschlug: „Wir sollten das auch bei Verwandten und Bekannten streuen, damit es in den anderen Dörfern ebenfalls über-
nommen werden kann."

„Das ist doch wohl selbstverständlich, dass auch unsere Familien
dabei sind", betonte Friedel, „egal wo sie wohnen."

„Super!"Mascha war sehr zufrieden mit den Reaktionen und wandte sich zum Schluss an Tanja. „Drei Tage, nachdem das Ganze ge-
wirkt und er die Reaktionen erfahren hat, komme ich zu euch und
rede mit deinem Mann. Bist du einverstanden?"

„Sehr, Tante Mascha, das würde mir viel helfen. Wir müssen es ja
auch nicht so sehr lange hinziehen, oder?"

Trotz der ernsten Lage mussten die Frauen bei Tanjas ängstlichen
Blicken doch grinsen.

„Aber jetzt wird erst mal wieder gesungen!" Friedel saß schon am
Klavier und als sie in die Tasten griff, setzten die Frauen sofort
passend ein: *Und heut Abend hab ich Kopfweh* und danach noch
So schön kann doch kein Mann sein.

Am nächsten Tag hatte Mascha ihren Flyer vorbereitet, da sie den
Termin bei der Firma „Meditech" zur Absprache über den Auftritt

auch gleichzeitig zum Vervielfältigen nutzen wollte.

Als sie näher zum Gebäude kam, staunte sie wirklich. Sie kannte noch die alte Schule und ihr gefiel sehr gut, was die Firma daraus gemacht hatte. Die Fassade war erneuert, es gab attraktive Sonnenblenden und um das Gebäude herum so viele größere Laubbäume und Büsche, über deren Schatten sich die Schüler früher sicher auch gefreut hätten. Das spricht doch sehr für ein gutes Betriebsklima, dachte Mascha noch, als ihr Ben Falkner, der Direktor, schon entgegen kam und sie regelrecht anstrahlte. „Wissen Sie, dass ich bei Ihnen in der Bibliothek mein erstes Märchen gehört habe? Ich war damals so begeistert und habe meinen Vater bekniet, dass er Sie heiraten soll, aber leider sind wir dann in die Stadt gezogen."

Mascha lächelte und dachte erfreut, dass Bibliothekarin doch der schönste Beruf der Welt sein müsste, wenn man damit solch bleibende Eindrücke hinterlassen konnte.

„Ich kenne Ihren Vater zwar nicht, aber ich hoffe, er hat eine Frau in seinem Alter gefunden."

Ben Falkner lachte. „Aber ja und wir verstehen uns immer noch gut. Darf ich Sie erst einmal herumführen, dann zeige ich Ihnen die Halle, wo das Fest stattfinden soll."

Es herrschte wirklich eine lockere Atmosphäre, manchmal standen junge Leute zusammen und schienen etwas zu beraten, andere fuhren auf Rollschuhen oder Inlineskatern und brachten Teile, die benötig wurden und dauernd lief Musik, bei der Mascha ständig versucht war mitzusingen.

Nach dem Rundgang äußerte Mascha ihre Bitte und erklärte den Hintergrund. Ben Falkner reagierte sofort. Er rief zwei junge Männer zu sich und erteilte Aufträge, von denen Mascha nur die Hälfte verstand. Als er ihr irritiertes Gesicht sah, lächelte er wieder.

„Ich finde es toll, wie Sie alle reagiert haben und die Lysistrata-Strategie ist Spitze, aber das reicht noch nicht. Gegen diese Umweltschweine muss man schwerere Geschütze auffahren. Natürlich bekommen Sie Ihre Flyer, aber wir machen auch noch einige Spruchbänder, die am Ortseingang und an dem betroffenen Grundstück angebracht werden. Außerdem lassen wir das Ganze viral gehen und organisieren einen deutlichen Protest in den sozialen Netzwerken, dann können die Ämter nicht mehr so einfach wegsehen."

„Super!" Mascha freute sich. „Es ist schön, dass Sie dabei sind. Aber jetzt sollten wir über das Fest sprechen. Ich bin schon wesentlich beruhigter, seit ich gehört habe, welche Musik bei Ihnen läuft."

„Das ist genau das, was mir auch für das Fest vorschwebt, weil gemeinsam zu singen viel schneller ein Gemeinschaftsgefühl hervorruft, als irgendeine Motivationsrede. Das gilt für den Fußballplatz, das gilt für den Ballermann und auch für uns Schlager-Fuzzis. Wobei wir natürlich die besseren Lieder haben."

Mascha lächelte und hatte das Gefühl, den ganzen Tag gar nicht mehr aufhören zu können, so gut gefiel ihr die Einstellung von Ben Falkner und seine gesamte Firma.

Die frühere Turnhalle sah noch fast genauso so aus wie früher und roch auch noch so penetrant nach Schweißfüßen, Talkum und Gummimatten. „Wir haben hier nur die alten Sportgeräte entfernt, aber sonst kaum etwas geändert, bis nächsten Monat soll das aber erledigt sein. Das hängt sehr davon ab, ob ich einen geeigneten Handwerker finde, so einen Allrounder, den ich dann als Haushandwerker behalten kann. Alte Gebäude können ihre Tücken haben, da bin ich lieber vorbereitet."

„Ich höre mich gerne für Sie um", bot Mascha an. „Was haben Sie denn dann mit der Halle vor? Nur Feste werden Sie ja nicht planen."

„Natürlich nicht, obwohl ich einen guten Platz für unsere Line Dancer schaffen möchte. Aber die Halle soll auch für andere Sportarten genutzt werden. Wenn ich jemanden finde, der als Trainer stundenweise mitmacht, könnten wir das auch für Sportgruppen im Ort erweitern."

„Das fände ich echt toll. Und wir singen von hier aus?" Mascha musterte die angedeutete Bühne noch kritisch. „Ich habe keine Ahnung wie gut die Akustik ist, vermutlich wurde hier noch nie gesungen."

„Wir haben eine ganz spezielle Mikrofonanlage für solche Zwecke, ich denke Sie werden zufrieden sein", beruhigte Ben sie gekonnt.

Als ihm Mascha noch die Liste der Lieder für den Auftritt überlassen und ihr Flyer-Paket in Empfang genommen hatte, verabschiedete sie sich höchst zufrieden.

Das würde eine wirklich gelungene Sache werden, aber jetzt musste erst der Kampf gegen die Müll-Mafia gewonnen werden.

Nachdem alle Flyer an die Frauen verteilt waren, die sie weitergeben würden, spürte sie auf dem Heimweg schon die ersten Reaktionen.

„Bei mir kriegen solche Leute höchstens noch Wasser und Brot", rief „Tante Emmi" vom Lebensmittelladen, der auch Poststelle und Drogerie war. Sie hatte den Flyer schon ans Schaufenster geklebt. „Das habt ihr gut gemacht, wer will denn diesen Dreck im Ort haben!"

Offensichtlich zog ihre Aktion schon größere Kreise, als sie erwartet hatte, denn die Reaktionen im Internet waren alle unterstützend.

Es fragten sogar einige über „Meditech" an, ob sie direkte Hilfe brauchen würde, aber das lehnte Mascha ab. Das Dorf stand geschlossen hinter der Aktion und das genügte ihr.

Auch Günther, der Wirt, der erst etwas schmollte, weil sie ihn übergangen hätte, war dennoch dabei. „Wir haben es jetzt so schön hier, das geben wir doch nicht freiwillig auf, damit sich Leute von anderswo mit Dreck eine goldene Nase verdienen!"

Nach drei Tagen meldete sich Mascha bei dem jungen Mann, der verpachtet hatte. Er empfing sie nicht gerade freundlich und knurrte sie schon am Eingang an. „Was wollen Sie von mir? Sie sind doch auch eine von denen, die meine Frau aufgehetzt haben. Was geht Sie das Ganze überhaupt an? Können Sie nicht einfach weiter Ihre Liedchen trällern?"

„Natürlich könnten wir auch einfach weiter singen. Aber vielleicht haben Sie noch nicht erfahren, dass wir auch schon einige Straftaten aufgeklärt haben und das ziemlich erfolgreich. Und jetzt wollen wir ein Verbrechen verhindern, denn was diese Leute machen, die Sie vermutlich schon bei der Verpachtung belogen haben, sind wirklich Verbrechen, Verbrechen gegen die Umwelt und die Menschen, die in ihr leben."

Malik Ataman führte sie schweigend in den Wohnraum und wies mit der Hand auf einen Sessel. Dann ließ er sich schwer auf das Ecksofa fallen und stützte missmutig den Kopf in die Hände.

Dann sah er wieder hoch und sie direkt an. „Das ganze Dorf scheint verrückt geworden zu sein. Keiner redet mit mir, jeder sieht durch mich durch, nur weil ich das verdammte Grasland verpachtet habe. Ich wollte doch nur mal mit meiner Frau in Urlaub fahren."

„Wir sollten uns darüber in Ruhe unterhalten, vielleicht kann ich Ihnen sogar helfen." Mascha sah bereits Möglichkeiten und beschloss sie zu nutzen.

„Haben Sie denn die Pachtsumme bereits erhalten?"

„Nein, das kommt wahrscheinlich später." Er sah weiter nach unten, als gäbe es da noch etwas Unangenehmes.

„Für welchen Zeitraum haben Sie denn verpachtet?"

Er sah sie fragend an. „Keine Ahnung, ich vermute so lange es gebraucht wird."

„Was hat man Ihnen denn gesagt, wofür man die Fläche braucht?"

„Die wollen dort Baustoffe lagern."

Das was da gelagert wird, ist von Baustoffen doch sehr weit entfernt, dachte Mascha. „Haben Sie denn den Vertrag schriftlich abgeschlossen?"

Jetzt sah er sie an, als habe sie von bestimmten Dingen absolut keine Ahnung. „Unter Männern genügt ein Handschlag."

Mascha hätte fast gelächelt, der junge Mann benahm sich so machohaft sicher. Die Erkenntnis, dass man ihn übel über den Tisch gezogen hat, wird ihm eine Lehre sein, dachte sie, denn davon war sie jetzt schon überzeugt.

Erst dann zeigte sie ihm die Kopien der Artikel aus dem Internet und erklärte ihm, welche Konsequenzen sich für ihn aus seiner Handschlag-Vereinbarung ergeben würden. Sie informierte ihn auch darüber, welche Summen die Verpächter erhalten hatten und dass sie oft ein Vielfaches dafür aufwenden mussten, um den Sondermüll wieder loszuwerden. Bei einem Foto zuckte er leicht zusammen. Mascha setzte sofort nach. „Ist das der Mann mit dem Handschlag?"

Er nickte schweigend, anscheinend begann er jetzt langsam zu verstehen, was er angerichtet hatte. Zaghaft sah er sie an. „Und wie komme ich da wieder raus?"

Mascha hätte beinahe dankbar aufgestöhnt. „Als erstes kündigen
Sie fristlos. Nach deutschem Recht ist ein Pachtvertrag ohne
Schriftform sowieso ungültig, aber in Ihrem Fall sollten Sie schriftlich kündigen. Die fristlose Kündigung ist möglich, wenn die
Pachtsache entgegen den Vertragsbedingungen genutzt wird oder
genutzt werden soll. Und Sie wissen jetzt schon, dass diese Leute
keine Baustoffe bringen werden. Ich habe ein Formblatt mitgebracht, an dem Sie sich orientieren können. Wissen Sie, wie Sie Ihren Vertragspartner erreichen können?"

„Nur übers Handy".

„Dann füllen Sie das Formblatt am besten gleich aus und schicken
es ihm über ein Messenger-Programm, damit er gar nicht auf die
Idee kommt, irgendeinen LKW hierher zu schicken."

Mascha war sich bewusst, dass ihre Gegenwart ab jetzt vielleicht
etwas übergriffig war, aber sie hatte das Gefühl, dass der junge
Mann etwas Druck brauchte. Also ging sie erst, nachdem alles ab-
geschickt war und er es ihr brav gezeigt hatte.

„Sollten Sie Schwierigkeiten bekommen, sagen Sie mir Bescheid."
Sie schob ihm ihre Telefonnummer zu. „Das Dorf steht jetzt wieder
hinter Ihnen, jetzt sind Sie wieder einer von uns."

Sie ging mit einem guten Gefühl, das genau zwei Tage anhielt,
dann stand Malik wie ein Häufchen Unglück vor ihrer Tür.

„Was ist passiert?" Mascha zog ihn besorgt in die Wohnung und schob ihn in die Sesselecke. „Hat sich diese Mafia wieder gemeldet oder ist noch etwas anderes?"

Er nickte. „Mafia ist wirklich das richtige Wort. Damit hatte ich echt nicht gerechnet, ich dachte es seien Kumpel von mir, aber sie sind alles andere oder noch Schlimmeres. Also: der Vertrag kann nicht gekündigt werden, wenn sie das nicht wollen, haben sie mitgeteilt. Das heißt, sie werden am kommenden Dienstag bereits morgens liefern und wenn ich den Zugang sperren lasse, kippen sie es vor dem Haus ab oder überfahren mich. Außerdem haben sie dafür gesorgt, dass mir mein Chef, der ein Verwandter von ihnen ist, fristlos gekündigt hat. Ich weiß einfach nicht weiter, aber ich will auch nicht nachgeben, ich lebe schließlich auch gerne hier und meine Frau ist schwanger."

Mascha hatte wortlos mit notiert und tastete sich jetzt langsam vor. „Was haben Sie denn beruflich gemacht?"

„Eine richtige Lehre habe ich nicht, aber die letzten fünf Jahre habe ich die Mietshäuser für meinen Chef verwaltet, ich habe die Miete kassiert und war auch sowas wie der Hausmeister, weil ich so ziemlich alles reparieren kann. Warum fragen Sie?"

Mascha lächelte zufrieden und notierte ihm die Telefonnummer von Ben Falkner auf einen Zettel. „Wissen Sie, wo hier im Ort früher die Schule war?"

Er nickte. „Tanja hat sie mir gezeigt, aber da ist jetzt eine Firma."

„Genau und dort stellen Sie sich vor. Sagen Sie, ich hätte Sie geschickt. Es könnte sein, dass die genauso jemanden wie Sie suchen, wenn Sie es gut machen. Und am Dienstag sorgen Sie dafür, dass Tanja im Haus bleibt. Dann können Sie mit uns gemeinsam verhindern, dass sich diese Leute hier festsetzen können."

Als er ging, schien er wieder entschlossener zu sein, aber jetzt begann Mascha, sich Sorgen zu machen.

Hatte sie ausreichend bedacht, wie brutal und skrupellos diese Leute sein konnten? Natürlich könnten sich die Einwohner einem LKW entgegenstellen, aber niemand wusste, wie dann die Fahrer reagieren würden. Und bei allem, was sie erreichen wollten, sollte natürlich auch niemand verletzt werden. Aber wie könnte sie das schaffen? Nach einigem Grübeln war ihr klar, sie brauchte einen sachkundigen Rat oder auch Unterstützung für die Aktion. An wen könnte sie sich wenden?

Einen Moment dachte sie an die Staatsanwältin Christiane Brückner, aber das war nicht deren Ressort.

Als sie im Internet nach möglichen Anlaufstellen suchte, stieß sie auf ein Dezernat für Umweltkriminalität. Bingo, dachte sie erfreut, so etwas suche ich doch! Also versuchte sie kühn ihr Glück und rief an. Schon nach den ersten Bemerkungen, wusste der Beamte worum es ging, weil er die Informationen und den Shitstorm im Netz wahrgenommen hatte. Wie gut, dass mir Ben Falkner mit der Internet-Sache geholfen hat, dachte Mascha und freute sich sehr über die Bereitschaft des Beamten, die örtlichen Einsatzkräfte zu mobilisieren.

„Wenn es Ihnen gelingen sollte, den LKW zu stoppen und mit der Ladung festzuhalten, könnten wir die Leute festnehmen und vielleicht zum ersten Mal zu den Hintermännern vordringen."
Mascha notierte sorgfältig die Nummer, die sie anrufen sollte und fühlte sich jetzt etwas sicherer.

Claudia hatte inzwischen mit der Seniorenbetreuung organisiert, dass alle Spaziergänge an diesem Grundstück vorbeiführten, um jede kleine Veränderung zu registrieren. Auch die Feuerwehr hatte sich nach Gabys Informationen vorbereitet, um die Weiterfahrt eines LKWs blockieren zu können.

Seit dem Wochenende gab es in den Gesprächen kein anderes Thema mehr, jeder wollte dabei sein. Die Leute vom Sportverein hatten bereits Kontrollposten eingeteilt, um frühzeitig reagieren zu können.

Als der Dienstag begann waren morgens schon so viele Leute unterwegs, wie sonst nur zu einem Heimatfest.
Überall war die Anspannung zu spüren, aber auch die Entschlossenheit, nicht aufzugeben. Das Grasland war bereits morgens um 8.00 Uhr von Menschenmassen besetzt. Die „Schlager-Goldies" waren geschlossen erschienen, sogar Nadja aus dem Nachbarort, und mit ihnen auch viele andere ältere Menschen. Die meisten hat-

ten sich Hocker, Kissen und Proviantkörbe mitgebracht, so als gäbe es ein großes Picknick. Noch war alles still und man genoss das Beisammensein etwas, dennoch waren die Sorge und die Spannung immer zu spüren.

Kurz vor 10.00 Uhr meldete der Posten vom Ortseingang einen unbekannten LKW und schickte auch gleich ein entsprechendes Foto. Die Frauen vom Sportverein informierten Mascha sofort und sie holte deshalb auch Malik in ihre Mitte, während sich Sigrid um die schwangere Tanja kümmerte.

Als der LKW in die schmale Straße einbog, schwenkten die meisten ihre Protest- oder Stoppschilder, um deutlich zu machen, dass es nicht weiter ging. Der Fahrer hupte mehrfach und versuchte dann einfach weiter zu fahren, aber da hatte die Feuerwehr bereits eine Sperre errichtet. Als der Fahrer ausstieg, erkannte ihn Mascha bereits. Sie vergewisserte sich aber noch einmal bei Malik. „Ist das der Mann mit der Handschlag-Vereinbarung?"

Da der nur nervös nickte, winkte sie noch Janine zu, die mit ihren Freunden die Ladung des LKWs bereits begutachtet hatte und jetzt herankam. „Das stinkt fürchterlich, das ist Klärschlamm und etwas versteckt, liegen dort mindestens 20 Asbestplatten. Diese Leute sind wirklich Verbrecher!"

„Danke, das habt ihr gut gemacht." Mit diesen Informationen rief sie gleich die Polizei an. Auch dieser Beamte, den sie unter der notierten Nummer erreichte, war bereits vorinformiert und stöhnte erfreut auf, als sie die Ladung schilderte. „Auf so einen Typen warte ich schon lange, wir sind in zehn Minuten da.“

Da sie telefoniert hatte, war Mascha der Disput zwischen dem LKW-Fahrer und Malik entgangen, aber der junge Mann schien sich gut zu halten. Er wiederholte seine Kündigung ständig und ließ sich auch nicht auf höhere Geldsummen ein. Auch als der Mann begann, Verwünschungen auszustoßen und die Familie zu bedrohen, gab er nicht nach. „Das ist unser Dorf und wir wollen deinen Dreck nicht!“

„Da hat er absolut recht!“ Friedel hatte sich nach vorne geschoben. „Du kommst hier kein Stück weiter, unser Dorf bleibt sauber!“

„Geh mir aus dem Weg, Oma, sonst gibt es hier gleich tote Oma!“ Der LKW-Fahrer lachte noch über sein fades Wortspiel und versuchte die weißhaarige Frau einfach zur Seite zu schieben, als sich die Frauen des Sportvereins und die „Schlager-Goldies“ gemeinsam auf ihn stürzten.

Der Chef der Feuerwehr hielt zwar den Wasserschlauch in der Hand, wagte aber nicht, ihn auf die Kämpfenden zu richten, um nicht seine eigene Großmutter zu treffen. Als das Polizeiauto mit Sirene um die Ecke bog, löste sich der unübersichtliche Pulk sekundenschnell auf. Die Frauen traten brav zurück und der LKW-Fahrer, der aus der Nase blutete und auch sonst etwas zerfleddert aussah, konnte von den Polizisten eingesammelt werden.

Ein zweiter Polizist fuhr den LKW mit den Beweisen für die Umweltkriminalität auch gleich zum Landeskriminalamt.

Sobald sie verschwunden waren, fielen sich die Frauen in die Arme und jubelten über den Sieg. Auch Malik umarmte Mascha dankbar.

„Ich weiß nicht, was ich ohne Sie gemacht hätte. Und die Leute sind jetzt wieder nett zu mir und einen Job habe ich auch. Wenn ich Ihnen einen Gefallen tun kann, dann herzlich gerne."

Und seine Frau fügte lächelnd an. „Wenn unser Kind ein Mädchen ist, dann wird es Mascha heißen."

Die lächelte zufrieden und spürte nun doch ein wenig Müdigkeit nach all der Anspannung.

„Ich werde einen Mittagsschlaf einlegen und dann sehen wir uns wieder zur Chorprobe", erklärte sie Sigrid, als sie gemeinsam zurückgingen.

„Das ist eine gute Idee." Sigrid nickte. „Und ich muss meine Hand kühlen. Als ihr euch auf das Umweltschwein gestürzt habt, hat es mich nicht im Haus gehalten. Ich habe ihm gerade noch eine auf die Nase geben können. Jetzt ist die Hand geschwollen, aber das war es wert!"

Auch am Nachmittag zur Chorprobe herrschte noch Hochstimmung. Jeder wollte von seinen Eindrücken und Erlebnissen erzählen oder im Siegesgefühl schwelgen. Alle waren froh, dass es ohne größere Probleme ausgegangen war und dass das Dorf auch für die Umwelt zusammengestanden hatte.

„Wir sollten jetzt etwas singen, was zu diesem Thema passt", schlug Friedel vor. Das schien gar nicht so einfach, denn die Frauen sahen sich nur grübelnd oder ratlos an, bis Claudia herausplatzte: „ *Auf die Bäume ihr Affen, der Wald wird gefegt.* "

Alle lachten und Claudia bekräftigte. „Wir haben die doch wirklich weg gefegt!"

Aber Friedel meinte nur: „Also der Vergleich dieser Umweltschweine mit Affen ist eher eine Beleidigung für die Affen. Ich finde, dass wir heute unser kleines Paradies erfolgreich verteidigt haben, also singen wir doch ganz passend *Paradiso unterm Sternenzelt.* " Und so geschah es dann auch.

Ein Haus am Meer

Weiße Wolken, blaues Meer und du – gesungen 1960 von Jenny
Petra

Jeden Morgen wenn Mascha Nussek ihren Spaziergang durch den Ort machte, freute sie sich an allem, was sich positiv verändert hatte. Sie sah die bunten Vorgärten, die jetzt wieder mehr Aufmerksamkeit erhielten und mit ihrer herbstlichen Dahlienpracht leuchteten, sie registrierte die frisch gestrichenen Fassaden und auch, dass um die schönste Haustür ein regelrechter Wettbewerb entbrannt war.

Sie freute sich aber vor allem über die kleine Grünanlage in der Nähe der Kneipe, die sie gemeinsam umgestaltet hatten und wo sich schon morgens rege Gespräche zwischen älteren Leuten entwickelten, die die bequemen Bänke mit Rückenlehne und die freundliche Atmosphäre zu schätzen wussten. All das hatten sie mit ihrer kühnen Aktion erfolgreich gegen die Müll-Mafia verteidigen können.

Es war für alle ein beruhigendes Gefühl, dass die Hauptakteure inzwischen festgenommen waren und es sah sehr danach aus, dass die Justiz mit ihrer Verurteilung diesmal wirklich einen Präzedenzfall schaffen wollte. Alles andere wäre nach der großen Empörung, die das Land erfasst hatte, auch gar nicht möglich gewesen. Mascha summte zufrieden vor sich hin, übersah aber bei allen Erfolgen nicht, wo es noch klemmte und was für später einen Platz auf ihrer Liste bekam. Irgendwann würde sie nochmal nach den jungen Leuten um Janine sehen, die ihren Jugend-Club in einem ehemaligen Zirkuswagen eingerichtet hatten und bei der Verteidigung des Dorfes gegen die Müll-Mafia ebenfalls sehr aktiv waren.

Auch Rocky Docky stand schon auf der Liste, die in ihrem Hinterkopf immer länger wurde. Das Haus hatte sehr lange leer gestanden, weil es sich ein übler Verbrecher angeeignet hatte, aber jetzt konnte sich durch ihre Hilfe eine junge Familie auf ein neues Zuhause freuen. Nadja hatte bereits angedeutet, dass ihre Enkelin bald einziehen würde. Und wenn die Drillinge da wären, hätte das Dorf sieben Einwohner mehr.

Auch die alte Sporthalle wollte sie sich genauer ansehen, an der schon eifrig gearbeitet wurde. Immerhin würden sie dort beim Betriebsfest der „Meditech", einer Firma die wichtige medizintechnische Teile herstellte, ihren nächsten großen Auftritt haben. Dieser Höhepunkt nahm jetzt wieder einen größeren Raum in ihrer Planung ein, weil durch die zwei Wochen Kampf gegen die Müllmafia doch einiges vernachlässigt wurde. Aber sie waren siegreich gewesen und hatten jetzt mehr Recht denn je, zu feiern und sich zu freuen.

Aber davor kam natürlich der Auftritt, der atemberaubend werden musste. Bei „Meditech" waren überwiegend junge Leute beschäftigt und Mascha hatte hauptsächlich Lieder ausgewählt, die sich mit der Liebe beschäftigten. Ob die jungen Leute diese Lieder überhaupt kannten, überlegte sie jetzt nicht mehr, denn was dort gesungen wurde, hatte sie mit großem Erstaunen selbst gehört, als sie mit dem Direktor Ben Falkner durch die Räume gegangen war.

Deswegen hatte Mascha gefühlsbetonte Titel, wie *Die Liebe ist ein seltsames Spiel, Du bist mein erster Gedanke* oder *Aber dich, gibt's nur einmal für mich*, ausgewählt, aber auch Lustiges wie die *Anneliese-Polka* und *Schwarze Maria*.

Inzwischen hatte sich Ben Falkner noch mit einigen Zusatzwünschen gemeldet, die sie doch etwas verwunderten, aber darüber würde sie heute noch mit den anderen sprechen.

Am Nachmittag erwarteten sie im Chorzimmer schon fünf gut gelaunte Frauen, die gar nicht aufhören konnten, von ihrem Sieg gegen die Müll-Mafia zu schwärmen. Tanja Ataman hatte Kuchen für alle gebacken, um für die Unterstützung zu danken und Mascha nutzte die Gelegenheit, die Veränderungen im Auftritts-Programm gleich mit allen zu diskutieren. Mit Kaffee löste man erfahrungsgemäß, die meisten Probleme viel leichter und wo Kuchen ist, da ist auch immer Hoffnung, dachte sie und zog ihre Notizen aus der Tasche.

„Es gibt ein paar Ergänzungswünsche für das Programm, die ich zwar schön finde, von denen ich aber nicht weiß, ob wir sie liefern können. Ben Falkner hat mir eine Mail geschickt, aber die zusätzlichen Wünsche nicht weiter begründet. Daher weiß ich nicht, wie wichtig sie sind. *Schuld war nur der Bossa Nova*, dieses Lied haben wir schön öfter gesungen. *Komm, wir fahren nach Amsterdam*, dürfte auch kein Problem sein, genauso wie *Ich zähle täglich meine Sorgen*. Aber was am schwierigsten sein wird und eigentlich auch gar nicht zu den Schlagern aus den 50ger oder 60ger Jahren gehört: *I sing a Liad für di*."

„Was soll denn daran schwierig sein?" Die weißhaarige Friedel rannte fast zum Klavier. „Dafür habe ich auch die Noten."

Nicht nur Mascha, auch die anderen staunten über ihren Gesang und vor allem, wie sicher Friedel den steirischen Dialekt beherrschte. Die grinste nur. „Ein paar Geheimnisse habe ich auch noch, ich war mal mit einem Kerl zusammen, der dort geboren ist. Das ist bestimmt hundert Jahre her, aber beim Singen klappt das Steirische noch ganz gut."

„Super!" Mascha war erleichtert und reichte den anderen die neue Reihenfolge für den Auftritt. Die „Schlager-Goldies" waren schon von der Auswahl begeistert, auch die zusätzlichen Titel klappten für das erste Singen ganz gut und als sie das Programm mehrmals durchgesungen hatten, blieb die aufregende Frage, die diesmal Nadja stellte, weil es für sie der erste Auftritt war.

„Was ziehen wir an?"

Sigrid, die gelernte Schneiderin, die auch verantwortlich für die Bühnen-Garderobe beim Auftritt in Professor Försters Partyscheu-

ne war, zeigte ihr Fotos davon. „Ich hoffe, dass du einen weiten
bunten Rock findest, einen Ersatz-Petticoat habe ich noch."
Nadja sah sie fast empört an. „So etwas habe ich natürlich auch.
Meine Sachen aus dieser Zeit sind zwar auf dem Dachboden, aber
ich hänge daran. Meinen ersten Petticoat hätte ich doch nie weg
geworfen! Eigentlich waren sie damals schon fast unmodern, aber
ich fand sie einfach schön"

„Dann ist alles klar für den Auftritt?" Mascha sah in die Runde und
war zufrieden, als alle nickten. „Nächste Woche haben wir Generalprobe, da darf noch etwas schiefgehen, aber dann zeigen wir
ihnen, was in uns steckt!"

Jubelnd verabschiedeten sich die Frauen. Gaby war etwas zurück-
geblieben und Mascha sprach sie direkt an. „Du warst heute so ruhig. Hat es nicht geklappt mit deinem Enkel und Leonie?"

„Ach, das ist es nicht. Die beiden machen mir wirklich Freude,
Leonie kommt so gut mit den Kindern klar und die hängen schon
an ihr."

„Hast du gesundheitliche Probleme?"

„Nein, ich bin in Ordnung, es geht um meinen Mann. Wenn du
noch ein paar Minuten hättest, ich muss einfach mit jemandem darüber sprechen."

„Von Männerproblemen habe ich aber keine Ahnung", warnte Mascha, „da brauchst du eher einen Apotheker oder einen Arzt."

Jetzt lachte Gaby etwas verlegen. „Nein, es sind keine Bettprobleme, ich wäre froh, wenn es nur um so etwas gehen würde."

„Gut, dann trinken wir beide bei Günther noch einen Gespritzten und du erzählst mir alles von Anfang an."

Nach einigen Schweigeminuten begann Gaby ganz zaghaft. „Mein Mann kommt sehr schlecht damit zurecht in Rente zu sein. Er fühlt sich irgendwie abgemeldet oder ausgemustert. Obwohl er schon viel später aufgehört hat als andere, fehlt ihm etwas. Jetzt hat er die Idee, ins Ausland zu ziehen und nochmal ganz neu anzufangen. Er will nach Bulgarien, das sei ein Land, wo alle Leute viel älter würden als hier und wo das Alter noch geschätzt wird, sagt er."

Gaby drehte ihr Weinglas nervös zwischen den Fingern.

„Ist das nur ein Wunsch oder hat er schon konkrete Vorstellungen?"

„Die hat er. Ich war als Teenie mal in Nessebar, das ist direkt am Schwarzen Meer und ich fand das damals toll, das Meer, den Strand und wir haben die Nächte durchgetanzt. Davon habe ich vielleicht einmal zu oft geschwärmt und jetzt hat er von einem Ex-Kollegen einen Tipp bekommen, dass eine Immobiliengesellschaft in Nessebar Häuser und Wohnungen verkauft, die direkt an der Strandpromenade liegen. Er meint, schon das warme Klima wäre günstig und er könne dort morgens Laufgruppen am Strand finden oder gründen. Er hat hier niemanden, der mit ihm Sport oder etwas anderes macht. Du kennst ihn, er braucht Leute, die er anführen kann. Und Nessebar ist jetzt seine große Hoffnung."

„Aber ist das denn nicht ziemlich teuer, ein Haus oder eine Eigentumswohnung am Meer?"

„Er sagt, man könnte eine Wohnung mit 80 m² für 88.000 Euro kaufen oder auch erstmal für 300 im Monat mieten. Häuser sind natürlich teurer, aber auch das wäre kein Problem, wenn wir unser Haus verkaufen würden. Bloß, ich will nicht weg! Mal für einen Urlaub ins Ausland reisen, da bin ich sofort dabei. Aber ich will doch nicht für immer in ein fremdes Land ziehen, abgesehen davon, dass keiner von uns Bulgarisch spricht. Außerdem sind meine Kinder hier, meine Enkel und Urenkel sind hier, ihr seid hier. Ich will nicht noch einmal neu anfangen, aber ich kann auch Jörn verstehen, er soll ja auch zufrieden sein."

„Du weißt, dass ich keine Eheberaterin bin, aber mein gesunder Menschenverstand sagt mir drei Dinge: Ihr müsst 1. ehrlich miteinander darüber reden und vielleicht einen Kompromiss finden. 2. sollte das Angebot dieser Gesellschaft genau geprüft werden, denn sollten sie Betrüger sein, löst sich der Auswanderungsdrang von alleine. Und 3. könnte ich mir eine andere Lösung vorstellen, mit der dein Mann auch ausgelastet wäre, ohne dass wir dich verabschieden müssten, denn du würdest uns auch fehlen."

Gaby hatte feuchte Augen, schien aber wieder Hoffnung zu schöpfen. „Am besten bringe ich das Prospekt mal mit und du siehst es dir an."

Mascha nickte. „Und wenn du Zeit hast, könntest du mich übermorgen begleiten, ich will mir die Sporthalle nochmal ansehen. Inzwischen arbeitet ja der junge Ataman dort. Mal sehen, wie die Halle jetzt aussieht, beim letzten Mal war alles noch ziemlich provisorisch. Wenn die Halle in Ordnung ist, soll es auch ein Sport-Angebot für die Anwohner geben, allerdings suchen sie noch jemanden, der stundenweise als Trainer oder Organisator einspringt."

Gabys Augen begannen zu leuchten. „Aber das wäre doch genau das, was Jörn braucht, das muss ich ihm gleich erzählen…"

„Und genau das wirst du nicht", mahnte Mascha. „Er hat jetzt einen großen Traum, den wirst du nicht kaputt machen. Noch ist dieses Angebot bei „Meditech" überhaupt nicht mit der Aussicht auf eine Wohnung am Schwarzen Meer zu vergleichen. Aber wenn das tolle Angebot nicht echt ist, hast du eine solide Lösung parat. Deshalb werden wir auch ganz genau prüfen und eingreifen, damit er nicht in eine Falle tappt."

Gaby nickte beeindruckt. „Wenn es wirklich Betrüger sind, dann war es gut, dass ich gleich mit dir geredet habe. Und auch wenn du das Gegenteil behauptest, in Wirklichkeit bist du doch eine gute Eheberaterin."

Mascha war zufrieden und glaubte, das Problem auf einem guten Weg. Deshalb richtete sie ihre Aufmerksamkeit wieder auf Rocky Docky, das Haus in der Nelkenstraße. Schon beim Näherkommen sah sie, dass noch am Haus und innen gearbeitet wurde, deshalb trat sie nur vorsichtig in den vorderen Bereich und betrachtete das bisher Erreichte. So gut wie jetzt hatte dieses alte Haus schon lange nicht mehr ausgesehen. Die Fassade war in einem hellen Grauton gestrichen und die Haustür strahlte in leuchtendem Rot, ebenso wie die neuen Fensterläden. Sie lächelte, weil das Haus im Vergleich zu früher, jetzt so einen freundlichen Eindruck machte. Die Familie konnte sich wirklich glücklich schätzen.

Das gruselige Aussehen des Hauses war verschwunden, aber der Garten sah noch zum Fürchten aus. Man müsste wenigstens die Schlingpflanzen ein wenig entfernen, die alles überwuchert hatten und etwas Unkraut jäten, damit die junge Mutter nicht gleich einen Schock bekam.

Mascha rief Nadja an, die ihr gleich ankündigte, am nächsten Tag gemeinsam mit ihrer Tochter am Garten arbeiten zu wollen. „Ich war schon im Garten-Center und habe mein Auto voller Pflanzen und Blumenzwiebeln. Für das Gemüse ist es eigentlich schon zu spät, aber ein paar winterharte Sorten gehen immer. Morgen lege ich los."

„Brauchst du Unterstützung?"

„Bestimmt, wenn du den Garten gesehen hast, dann weißt du, dass Wildnis gar kein Ausdruck dafür ist."

„Gut, dann organisiere ich noch ein wenig Hilfe."

Mit Harke und Spaten machten die „Schlager-Goldies" am nächsten Tag kurzen Prozess mit dem Unkraut und allem, was zukünftige Gemüsebeete verhindern könnte. Zwei Frauen vom Sportverein, die in der Nähe wohnten, hatten sich auch spontan angeschlossen.

„Wir sind so froh, dass dieser Schandfleck jetzt verschwindet, da helfen wir doch gerne mit", versicherten sie Mascha.

Nach zwei Stunden intensiver Arbeit war der Garten noch nicht sehenswert, aber durchaus akzeptabel. Der Komposthaufen war zwar überdimensional und auch die Rasenflächen hätten noch Aufmerksamkeit gebraucht, aber da bremste Nadja ab.

„Das genügt für heute, die Jungs werden sich freuen, wenn sie dort hinten noch in der Wildnis herumtollen können. Schließlich hat Lukas versprochen, ihnen ein Baumhaus zu bauen."

Natürlich musste der Garten noch musikalisch eingeweiht werden und beim *Lied vom Gartenzwerg* sangen alle begeistert mit.

Als sich die Frauen verabschiedet hatten, blieb Gaby noch zurück.

„Ich muss unbedingt nochmal mit dir reden, ich glaube es ist Gefahr im Verzug oder wie das in den Krimis immer heißt.

Mein Mann trifft sich morgen mit einem Makler, um unser Haus schätzen zu lassen. Er hat sich so auf diese Idee eingeschossen und drängt mich jetzt ständig, als würde er, solange er noch hier bleibt etwas verpassen. Ich habe den Katalog von dieser Firma gleich mitgebracht."

„Dann kommst du am besten sofort mit zu mir, wir trinken einen Tee, der beruhigt und sehen uns das Material an."

Selbst auf dem Weg zu Maschas Wohnung schien sich Gaby kaum

beruhigen zu können. In der Wohnung schob Mascha sie zu einem Stuhl und bereitete einen Melissentee zu. Damit setzte sie sich dann auch an den bequemen Esstisch und betrachtete das Angebot der Firma „Adventis". Nachdem sie eine Weile in dem Katalog geblättert hatte, legte sie das Hochglanzmaterial zur Seite. „Also das sieht wirklich vielversprechend aus und irgendwie kann ich auch deinen Mann verstehen. Dort scheint es tatsächlich idyllisch sein, ob es aber auch echt ist, kann man mit dem Katalog alleine nicht beurteilen. Wir schauen erstmal bei Google Earth nach, ob es dieses Haus mit den günstigen Wohnungen wirklich gibt."

Nachdem sie ihren Laptop eingeschaltet hatte, dankte sie im Stillen noch dem kleinen Computer-Fuchs Max, der ihr so etwas gezeigt hatte. Gaby beugte sich interessiert über ihre Schulter und staunte mit ihr. „Das Gebäude gibt es wirklich. Da steht auch etwas am Haus, aber ich kann die kyrillischen Buchstaben nicht mehr lesen."

„Halten wir erstmal fest." Mascha drehte sich zu Gaby um.

„Die Adresse ist echt. Ob sie auch ein Wohnhaus ist und in welchem Zustand das Ganze ist, wissen wir nicht. Man müsste jemanden fragen können, der dort lebt. Aber ich kenne keinen."

Gaby sprang auf. „Ich hatte mal eine Brieffreundin, die dort gelebt hat, Irena Bokowa oder so ähnlich, aber der Briefwechsel ist schon lange eingeschlafen und ob die noch dort lebt, weiß ich auch nicht." Sie setzte sich etwas enttäuscht wieder hin.

„Und wenn wir sie in den sozialen Netzwerken suchen würden?

Hast du ein Bild von ihr?"

Gaby war erneut aufgesprungen. „Ja, das habe ich noch, aber ich habe keine Ahnung von Facebook und Co."

„Ich auch nicht", lachte Mascha. „Aber ich weiß, wer uns helfen kann. Am besten, du holst gleich das Foto und ich kümmere mich um die Hilfe."

Als Gaby nach einer halben Stunde etwas abgehetzt wieder Maschas Wohnung betrat, saß dort schon Leonie, die in der Wohnung unter Mascha wohnte und alles vorbereitet hatte.

„Es hat etwas länger gedauert", keuchte Gaby. „Es lag ganz unten."

Mascha tat verwundert. „Das wusstest du nicht? Im Universum gilt ein ungeschriebenes Gesetz, dass man das, was man sucht, immer erst zum Schluss findet. Aber jetzt ist es ja da."

Sie betrachtete interessiert das dunkelhaarige Mädchen auf dem Foto, das heute wahrscheinlich auch in Gabys Alter wäre. Dann reichte sie es Leonie, deren Finger ähnlich flink, wie die von Max, zuerst über ihr Smartphone und dann über den Laptop huschten. Schon nach wenigen Minuten drehte sie sich zu ihnen um und strahlte Gaby an. „So, die Suche läuft. Mehr können wir nicht machen. Hoffentlich meldet sich jemand. Norman und ich haben schon darüber gesprochen, wir würden dich auch sehr vermissen, wenn ihr nach Bulgarien auswandert."

„Ich will ja auch hierbleiben, drückt mir bloß alle die Daumen. Mascha, ich rufe dich sofort an, wenn es etwas Neues gibt."

Am nächsten Morgen hörte Mascha noch nichts von Gaby, deswegen konzentrierte sie sich auf die immer noch lange Liste ihrer Aktivitäten. Sie hatte sich schön öfter mit Janine unterhalten, um sich zu vergewissern, dass sie auch an eine Lösung für kalte Wintertage gedacht hatten, ein Zirkuswagen war schließlich nicht gedämmt. Als ihr die Teenies schließlich stolz die Lösung vorführten, die sie selbst entwickelt hatten, war sie echt überrascht. Zwei riesige schräg gestellte Solarpanele auf dem Dach, ließen den Zirkuswagen noch abenteuerlicher aussehen und erinnerten ein wenig an die Zauberschule von Harry Potter. Aber das Wichtigste war, dass sie ausreichend Strom lieferten. Dazu kam noch eine unauffällige Leitung, die die gefilterte Abwärme von Bauer Lüdkes Kuhstall in den Wagen fließen ließ und besonders im Winter für mollige Temperaturen sorgen würde.

„Das war echt schlau von euch! Ich schätze, das könnte man bei anderen auch anwenden."

„Und alles selbst gebaut, na, ja, die Panele haben wir gekauft, aber selbst angeschlossen", erklärte Janine stolz.

Auf dem Heimweg überlegte Mascha schon, wie man diese Ideen weiter nutzen könnte, vielleicht sollte sie mal mit Ben Falkner darüber sprechen.

Am nächsten Tag stand sie noch wartend am Eingang zur ehemaligen Schule, weil Gaby, die sie begleiten wollte, noch nicht da war.

Heute sollte die letzte Absprache vor dem Auftritt erfolgen und die Halle noch einmal geprüft werden. Mascha erinnerte sich gerne an ihren ersten Besuch bei dieser Firma, vor allem an den lockeren Umgang der jungen Leute und hatte sich heute ganz bewusst nicht so förmlich angezogen, sondern einen weichen Zweiteiler in herbstlichem Grüntönen gewählt.

Unruhig sah sie auf ihre Armbanduhr, weil sie sich nicht verspäten wollte, als Gaby endlich mit ihrem Auto heranbrauste.

Sie parkte schnell an der Seite, kam dann im Laufschritt zu Mascha und zog sich im Gehen noch ihre warme blaue Jacke über.

„Tut mir leid, ich war noch am Telefon und dann wurde die Zeit zu knapp. Stell dir vor, wir haben Irena gefunden. Leonie hat mich gestern Abend noch spät angerufen und mir die Adresse und eine Telefonnummer durchgegeben. Ich habe eben mit ihr gesprochen, sie spricht gut deutsch, weil in dem Hotel, wo sie arbeitet, viele Deutsche Urlaub machen. Und weißt du wo sich dieses Hotel befindet?"

Sie holte kurz Luft und sah Mascha schon triumphierend an. Die schüttelte nur den Kopf.

„Es ist genau die gleiche Adresse, an der sich laut Katalog von der Firma „Adventis" ein großer Block mit Wohnungen befinden soll. Mascha, es sind wirklich Betrüger! Wir haben sie entlarvt und ich kann hierbleiben!"Sie umarmte Mascha ziemlich temperamentvoll.

„Aber du hast doch deinem Mann noch nichts erzählt?"

Gaby schüttelte ganz entschieden den Kopf. „Natürlich nicht, aber ich weiß nicht, ob ich es ihm nicht an den Kopf geknallt hätte, wenn er da gewesen wäre, aber das ist er nicht. Er sucht Pilze."

„Gut." Mascha beeilte sich zum Eingang zu kommen. „Lass uns erstmal unsere Aufgaben für den Auftritt erfüllen und dann beraten wir, wie es weitergeht."

Ben Falkner erwartete sie bereits wieder strahlend am Eingang. „Wir fiebern schon alle dem Fest entgegen und besonders Ihrem Auftritt. Ich hoffe, dass ich Sie nicht mit den Extrawünschen überfordert habe?"

„Nein, auf keinen Fall." Mascha lächelte. „Und vermutlich werden Sie uns auch nicht verraten, weshalb diese Lieder wichtig sind, oder?"

„Stimmt, das wird auch für Sie eine kleine Überraschung, hoffe ich jedenfalls."

Nachdem Mascha ihre Begleiterin vorgestellt hatte, zeigte Ben Falkner auf die frühere Turnhalle. „Wir können anschließend alles in meinem Büro bei einem Kaffee besprechen, aber jetzt würde ich gerne etwas mit dem Zustand der Halle angeben. Vielen Dank für die Empfehlung, der junge Mann ist ein echter Glücksgriff."

Mit einer einladenden Geste öffnete er die breite Tür und ließ die Frauen eintreten.

„Wow!" Das war alles, was Mascha herausbrachte, so überrascht war sie von den Veränderungen. Die Wände strahlten in frischem

Weiß, der Holzfußboden war abgeschliffen und neu lackiert, die
Fester frisch geputzt und an der Stirnseite entstand eine richtige
Bühne mit einer kleinen Treppe auf der rechten Seite. Malik, der
auf einem Gerüst unter der Decke arbeitete, winkte ihnen begeistert
zu. Und auf der Bühne stand ein Klavier.
„Unsere Friedel wird Luftsprünge machen, wenn sie das sieht",
flüsterte Gaby.
„Es ist leider noch nicht gestimmt", dämpfte Ben ihre Erwartungen,
„aber das wird es bis nächste Woche garantiert. Hier vorne ist auch
die spezielle Mikrofonanlage eingebaut, von der ich bei unserer
letzten Begegnung gesprochen habe. Wir sind also bereit und wirklich sehr gespannt auf Ihren Gesang. An dem Abend wird es hier
lange Tafeln geben, für Sie habe ich auch einen großen Tisch vor-
gesehen. Ich würde mich sehr freuen, wenn Sie nach dem Auftritt
noch bleiben oder auch Ihre Partner mitbringen."
Nachdem beide noch die Perspektive von der Bühne und die Höhe
der Treppenstufen zu ihrer Zufriedenheit befunden hatten, zeigte
ihnen der Direktor noch einen Raum im Haupthaus. „Hier können
Sie sich umziehen oder schminken oder auch einsingen."
Mascha und Gaby grinsten sich nur an, so viel Aufmerksamkeit
war ihnen als Künstlerinnen noch nie zuteil geworden. Das Umziehen konnten sie sich garantiert sparen, aber Einsingen und gegen-
seitiges Beruhigen, dafür war der Raum eine gute Möglichkeit.
Nachdem auch die vertraglichen Einzelheiten geregelt waren,

fragte Mascha noch einmal nach der Nutzung der Halle für die Anwohner. „Haben Sie schon jemanden, der stundenweise als Trainer einspringt?"

Und als Ben nur stumm verneinte, setzte sie fort. „Vielleicht haben wir da jemanden. Es ist noch nicht ganz spruchreif, weil es da noch ein kleines Hindernis gibt, aber der Mann hätte gute Qualifikationen."

Sie sah zu Gaby, die sofort herunterrasselte, für welche Sportarten ihr Mann als Übungsleiter fungieren könnte.

Ben Falkner lachte erfreut und nickte Mascha zu. „Ich hätte Ihnen die Stelle als Personalchefin anbieten sollen, dann hätte ich schon alle Probleme gelöst. Vielen Dank, Sie sind wirklich erstaunlich, alle beide und bringen Sie Ihren Mann zum Fest mit."

Noch als sie mit Gabys Auto zu Maschas Wohnung fuhren, konnte Gaby nicht aufhören, von dem jungen Direktor zu schwärmen. „So ein netter Kerl! Und so höflich und zuvorkommend. Ist er eigentlich verheiratet? Wenn nicht, sollten wir ihm was Passendes suchen, bei meinem Enkel hat es doch auch geklappt."

Erst als sie wieder an Maschas bequemen Esstisch saßen, um Pläne zu schmieden, schien die gute Laune bei Gaby wieder verschwunden zu sein. „Ich befürchte sehr, dass es nicht genügen wird, wenn ich Jörn sage, was ich jetzt weiß", stöhnte sie.

„Da hast du bestimmt recht." Auch Mascha fühlte sich mit diesem Vorgehen nicht wohl. „Damit zerstörst du immer noch seinen

Traum und er wird sich wie ein Trottel vorkommen, weil er nicht
bemerkt hat, was dir sofort aufgefallen ist. Wir brauchen eine über-
zeugendere Lösung und wahrscheinlich auch fachliche Hilfe, lass
mich mal überlegen, wen ich kenne."

Sie blätterte unschlüssig in ihrem Adressbuch, bis ihr die Staatsanwältin Christiane Brückner einfiel. Das könnte passen.

„Gaby, wenn du uns mit meiner Höllenmaschine zwei Cappuccinos
machen könntest, dann würde ich in der Zwischenzeit jemanden
anrufen?"

„Geht klar", rief Gaby und entfernte sich in Richtung Küche. „Ich
kenne mich aus."

Während kurze Zeit später das sonderbare Gluckern und Röcheln
der Maschine zu hören war und aromatische Düfte in den Raum
strömten, versuchte Mascha der Staatsanwältin ihr Problem klar zu
machen. Die hatte schon bei den ersten Bemerkungen zu einem
Wohnsitz in Bulgarien entsetzt gerufen: „Du nicht auch noch! Auf
diese Betrüger sind schon jede Menge Leute reingefallen."

„Und warum wurden sie nicht verhaftet?"

„Das ist nicht so ganz einfach, weil diese Betrüger für unsere behä-
bige Strafverfolgung einfach zu schnell sind. Wenn sie eine Wohnung verkauft haben, ändern sie den Namen ihrer Firma sofort oder
sie tauschen die Namen der Gesellschafter aus. Wenn die Betroge-
nen irgendwann endlich merken, dass da gar keine Wohnung oder
kein Haus ist, sind diese Leute längst weitergezogen. Oder die

Firma ist insolvent, also gibt es keine Entschädigung."

„Und wenn du diese Leute direkt nach Abschluss eines Kaufvertrages festnehmen könntest?"

„Das wäre super! Setzt aber voraus, dass jemand schon vorher bemerkt hätte, dass es sich um Betrug handelt."

„Das haben wir, wir können es belegen und notfalls auch noch eine Zeugin bringen, die sich vor Ort bestens auskennt."

„Mascha, du hättest wirklich zu uns kommen sollen. Dein Talent wird im Ruhestand vergeudet", lachte Christiane. Und dann vereinbarten sie das gemeinsame Vorgehen vor und nach der Verkaufsverhandlung in allen Einzelheiten.

Als Gaby mit den Cappuccinos aus der Küche kam, sah sie Mascha fragend an. „Du grinst wie eine Katze, die nicht nur den Sahnetopf entdeckt, sondern ihn auch vollständig ausgeschleckt hat. Haben wir eine Lösung für mein Problem?"

Mascha nickte zufrieden. „Sogar eine erstklassige. Wenn wir fertig sind, wirst du für deinen Mann eine Heldin sein, garantiert! Das einzige, was wir jetzt noch brauchen, ist ein Geschäftsabschluss bei euch im Haus."

„Nein!" Gaby war blass geworden. „Ich dachte, diese Leute würden verhaftet und du rätst mir zu unterschreiben?"

„Ja natürlich." Mascha lächelte beruhigend. „Wir müssen sie auf frischer Tat ertappen, sonst sind sie über alle Berge. Eure Unterschrift wäre nur pro forma, gilt aber als Beweis, dass sie tatsächlich betrügen. Aber es wird sicher schwer für dich, diese Rolle zu spielen und plötzlich so zu tun, als wärst du einverstanden."

Gaby nickte und schluckte schwer. „Das wird wirklich nicht einfach, aber wenn es um meine Familie geht, kann ich auch wie eine Löwin kämpfen."

Mascha sah sie lächelnd an. „Ich bin jetzt schon stolz auf dich und deine Familie wird noch jahrelang erzählen, wie du als Undercover-Agentin euer Haus und eure Familie gerettet hast."

Und dann gingen sie alle möglichen Taktiken durch, wie Gaby total überzeugend ihre veränderte Haltung erklären, welche Überlegungen sie einsetzen und wie sie einen schnellen Kaufabschluss beeinflussen könnte. Es dauerte länger als erwartet, aber dann waren beide endlich sicher, dass es so am ehesten möglich wäre.

Offensichtlich gab es aber doch irgendwelche Probleme, denn Mascha hörte in den nächsten Tagen nichts Neues von Gaby. Christiane hatte sich schon zum Stand der Dinge erkundigt, aber Mascha konnte noch nicht weiterhelfen. Sie überlegte gerade kurz, ob sie vielleicht mal rein zufällig am Haus vorbeigehen sollte, als sie eine Nachricht über WhatsApp erhielt. *Montag, 15.00 Uhr Vertragsabschluss.* Diese Information gab sie sofort an Christiane weiter und hielt sich diesen Termin auch frei, um notfalls eingreifen zu können. Sigrid wohnte ganz in der Nähe, vielleicht sollte sie mit ihr noch einmal die Kostüme besprechen und vielleicht waren auch noch Änderungen erforderlich? Also schrieb sie Sigrid gleich eine Nachricht. Die antworte erfreut und stimmte für Montag zu.

Am Wochenende bestürmten Mascha dunkle Vorahnungen. Hatte sie etwas übersehen, konnte noch irgendetwas schieflaufen? Hatte sie möglicherweise Gabys gesamte Familie in Gefahr gebracht, nur weil sie wollte, dass diese Betrüger auch gefasst würden? Während sie ihre Blumenkästen auf dem Balkon fast automatisch leerte und Besenheide in weiß und rosa einpflanzte, zogen ihr ständig diese Gedanken durch den Kopf, als würde in ihrer Strategie ein entscheidendes Teil fehlen.

In der Nacht zum Montag träumte sie, dass die Betrüger Geiseln genommen hätten und unbehelligt verschwunden seien. An so etwas hatte sie bisher überhaupt nicht gedacht, so etwas sah man doch höchstens im Krimi! Würden diese Leute tatsächlich so weit gehen? Sie schüttelte unwillig den Kopf bei diesen Gedanken, aber sie setzten sich hartnäckig in ihren Überlegungen fest.

Als sie am Montag mit zwei bunten Röcken zu Sigrid kam, sah die sie nur an und grinste. „Die kannst du weglegen. Bisher hast du noch nie einen Vorwand gebraucht, um mit mir zu reden. Es geht um Gaby, oder?"

Mascha seufzte. „Du hast ja recht, aber…"

Sigrid grinste wieder. „Ich habe häufig recht, das ist das kleine Kreuz, das ich mit mir herumschleppen muss."

Mascha betrachtete sie überrascht. „Du bist aber gut drauf. Ist dein Carsten der Anlass? Hat alles geklappt?"

Sigrid nickte strahlend. „Dieser Mann spielt in einer völlig anderen Liga und die Nacht war umwerfend, aber mehr verrate ich nicht. Deswegen bist du ja auch nicht hier. Was ist mit Gaby?"

„Jetzt kann ich es ja erzählen, bisher unterlag es der Geheimhaltung." Mascha sah auf ihre Armbanduhr. „Es ist genau 15.00 Uhr. Siehst du das Auto, das vor Gabys Haus steht. Dort findet jetzt eine Verkaufsverhandlung statt, bei der Gaby und ihr Mann eine Wohnung am Schwarzen Meer kaufen. Danach sollen die Betrüger, die die angeblichen Wohnungen veräußern, sofort festgenommen werden, aber ich habe so ein komisches Gefühl, als ob etwas schief gehen könnte."

Sigrid hatte die ganze Zeit hinter dem Vorhang auf die andere Seite gestarrt. „Es scheint alles normal. Die Gardine ist wie immer."

Mascha sah sie verwundert an. „Was hat denn die Gardine damit zu tun?"

Sigrid grinste wieder. „Das Haus dort drüben war Gabys Elternhaus und ich bin in diesem Haus aufgewachsen. Früher haben wir uns immer Zeichen gegeben, wenn irgendetwas nicht in Ordnung war. Hat Gaby die Gardine schief gezogen, dann wusste ich Bescheid und kam zu Hilfe."

Mascha sah nervös auf die Uhr, schon zwanzig Minuten vergangen. Wie lange dauert es denn, einen Vertrag zu unterschreiben? Sie sah zu Sigrid, die weiter aus dem Fenster schaute.

„Und du glaubst, das würde sie auch heute noch machen?"

„Natürlich, schau jetzt geht dort etwas vor, was nicht geplant war."

Mascha stürzte ebenfalls zum Fenster und sah jetzt auch das Zeichen. Sie überlegte verzweifelt. Wenn nur eine ihrer Vorahnungen zutraf, brauchte sie jetzt einen Überraschungseffekt.

„Hat das Haus einen Hintereingang?"

Sigrid nickte nur. „Ich komme mit."

Vorsichtig bewegten sie sich seitlich am Haus vorbei, überquerten die Straße erst beim nächsten Haus und schlichen dann geduckt auf das Grundstück. Sigrid steuerte sofort die Hintertür an, die jedoch verschlossen war. Nach kurzem Tasten fand sie den Schlüssel an der Stelle, wo sie ihn schon als Kinder versteckt hatten und hielt ihn Mascha hin. „Meine Hände sind bestimmt nicht ruhig genug, um geräuschlos aufzuschließen."

Auch Mascha war aufgeregt, aber sehr entschlossen. Behutsam drehte sie den Schlüssel im Schloss und öffnete die Tür ganz leise. Vorsichtig schlichen sie den Gang entlang in Richtung Wohnzimmer und von dort hörten sie schon laute Stimmen, die Forderungen stellten. „Wenn Sie Ihre Leute nicht abziehen, erschieße ich den Mann gleich hier. Sobald wir freien Abzug bekommen, nehmen wir den Mann zur Sicherheit mit und setzen ihn dann irgendwo an der Autobahn ab. Sie haben genau 10 Minuten sich zu entscheiden, sonst gibt es hier Tote, die auf Ihr Konto gehen."

Mascha lugte vorsichtig um die Ecke. In der offenen Wohnzimmertür stand ein Mann mit dem Rücken zu ihr. Vor ihm stand vermutlich Gabys Mann, denn der Unbekannte hatte seinen linken Arm um dessen Hals gelegt und richtete mit der rechten Hand eine Waffe auf seinen Hinterkopf.

Mascha stockte der Atem. Ihre schlimmsten Befürchtungen schienen sich gerade zu erfüllen. Sie musste unbedingt eingreifen, durfte aber auch Gabys Mann nicht gefährden. Atemlos wartete sie, bis der Mann die Waffe einen Moment zur Seite richtete. Genau dann stürmte sie auf den Eingang zu und trat dem Mann seitlich so fest in die Kniekehle, wie sie nur konnte.

Das hatte sie mal in einem Film gesehen und es klappte tatsächlich. Der Unbekannte ließ sofort die Waffe fallen und brach stöhnend zusammen. Der zweite Mann versuchte danach die Tür zu erreichen, aber jetzt hatten die Einsatzkräfte der Polizei die Lage wieder im Griff.

Gaby stürzte zu ihrem Mann und als der sich von der Situation völlig überfordert auf einen Stuhl sinken ließ, lief sie zu Mascha und Sigrid und umarmte sie stürmisch. „Ihr habt uns gerettet! Ich wusste, dass ihr kommt."

Dann wurde sie plötzlich auch blass und wäre beinahe selbst umgekippt, wenn Mascha und Sigrid sie nicht aufgefangen hätten.

„Du setzt dich besser auch hin, wir kochen einen Tee zur Beruhigung", erklärte Mascha.

„Ach was", erwiderte Sigrid. „Ich weiß, was schneller hilft." Sie
ging zu einer Anrichte aus hellem Holz, nahm ein Tablett mit kleinen Gläsern heraus und goss allen einen kräftigen Landschnaps ein.
„Wollen Sie sich auch beteiligen?", rief sie den Polizisten zu.
„Wollen schon, aber wir sind im Dienst. Wir nehmen nur noch ein
kleines Protokoll auf, dann sind Sie uns schon los. Bis dahin bleiben Sie bitte noch nüchtern. Sie waren uns wirklich eine große Hilfe und jetzt wollen wir das Ganze auch ordentlich abschließen."
Nachdem das Protokoll erledigt war, wandte sich der Ermittler
noch an Mascha direkt.
„Sie wissen, dass das kreuzgefährlich war, was Sie gemacht haben,
aber ich war von Frau Brückner schon vorgewarnt. Ich soll Sie keinesfalls festnehmen, auch wenn Sie tollkühn wären. Also kann ich
Ihnen nur für alles danken und nicht nur für den rasanten Auftritt."
Nachdem die Polizisten gegangen waren und sich alle durch den
kräftigen Schnaps wieder stärker fühlten, konnten Mascha und Sigrid kaum aufhören, Gabys Mann die Rettungsmission seiner Frau
in den höchsten Tönen zu schildern.
„Gaby war fast so gut wie Emma Peel aus *Schirm, Charme und
Melone*". schwärmte Sigrid. „Sie hat das alles ganz cool mit Mascha vorbereitet und eure Familie gerettet. Du musst wirklich sehr
stolz auf sie sein!"
Jörn nickte etwas verdattert und Mascha war klar, dass er sich noch
in einem ziemlichen Schockzustand befand. Es würde noch einige

Zeit brauchen, bis er alles begriffen hatte. Also zog sie Sigrid mit sich und verabschiedete sich von den beiden, nicht ohne das Versprechen, sofort anzurufen, wenn noch etwas Unerwartetes passieren würde.

Am nächsten Tag zur Generalprobe der „Schlager-Goldies" war Gaby schon fast wieder die Alte. Natürlich mussten alle Frauen die abenteuerliche Geschichte aus erster Hand erfahren, um aber noch genügend Zeit für das Programm zu haben, schlug Mascha vor: „Die Sache ist gut ausgegangen, wir sollten uns jetzt auf den positiven Aspekt konzentrieren. Gaby, du fährst doch bestimmt nächstes Jahr zu Irena. Fällt dir ein passendes Lied ein?"

Die sah sie unschlüssig an. „Lieder über das Meer gibt es viele, aber ich weiß, was wir singen *Weiße Wolken, blaues Meer und du.* Das erinnert mich so an meinen ersten Kuss im Strandkorb."

Alle lachten und genossen die frische Melodie, konzentrierten sich aber dann wieder auf ihr Programm.

Bei dem klappte alles wunderbar, bis auf das steirische Lied, das Andreas Gabalier im Original gesungen hatte. Außer Friedel bekam das keine wirklich überzeugend hin, deswegen entschied Mascha: „Wir werden es einfach anpassen. Der Chor summt bei den Strophen und singt nur den Refrain mit, den Rest deckt Friedel ab. Sie ist damit einfach Spitze! Und Friedel, du bekommst dort ein frisch gestimmtes Klavier."

Die warf jubelnd die Arme hoch. „Damit sind wir gerettet!"

Diese gelöste Stimmung blieb auch mindestens bis Freitag am späten Nachmittag.

Dann sammelten sich schon einige der leicht aufgeregten „Schlager-Goldies" mit ihren bunten Röcken, Petticoats und hellen Oberteilen überpünktlich vor der früheren Schule. Ohne Mascha wollten sie das Haus noch nicht betreten und betrachteten vorher interessiert die jungen Leute, die auf die frühere Turnhalle zugingen.

„Das ist aber wirklich nett, dass einige auch Petticoats tragen. Das passt richtig gut zu uns", freute sich Friedel, die am liebsten gleich das Klavier geprüft hätte. Endlich kam Mascha und mit ihr eine strahlende Gaby in Begleitung ihres Mannes.

„Ich hätte meinen ja auch gerne mitgebracht", raunte Claudia den anderen zu, „aber er eignet sich nicht mehr so gut zum Tanzen. Für einen richtigen Schleicher ist einfach zu viel Bauch im Weg. Aber ich hoffe, es gibt hier auch ein paar junge, attraktive Burschen."

Sie strich sich kokett über ihre roten Haare, die sie heute in einem hohen Pferdeschwanz trug.

„Mir scheint, du fühlst dich mit deinem Petticoat wieder wie siebzehn", lachte Sigrid. „Aber mir geht es genauso und beim nächsten Mal habe ich einen Tanzpartner. Da kommt mein Carsten mit."

„Ist das der, der auch für den Knutschfleck verantwortlich ist?" Friedel deutete auf Sigrids Hals. Die zog das Nickituch wieder darüber und grinste. „Ich habt wirklich keine Ahnung, das ist ein Zungen-Tattoo."

„Was? Und wie lange wolltest du das Ganze vor uns geheim halten?" Claudia tat ganz empört, wusste aber schon längst Bescheid, da es in diesem Dorf absolut keine Geheimnisse gab.

„Das wird uns Sigrid später genau erzählen", vertröstete sie Mascha. „Jetzt lasst uns kurz die Lieder ansingen."

Als sie auf das Haupthaus zusteuerten, kam ihnen Ben Falkner bereits entgegen.

„Was für ein schnieker Bursche", raunte Claudia.

Auch die anderen bestaunten das ungewohnte Outfit von schwarzer Hose, türkisfarbenem Hemd mit Fransen und einem weißen Westernhut. Mascha kombinierte schnell. „Sie gehören auch zur Line Dance-Gruppe?"

„Natürlich", lachte Ben. „Das ist ein wirklich tolles Hobby, das kann ich Ihnen nur empfehlen, aber Sie werden es ja heute noch sehen."

Mit dieser nicht ganz verständlichen Ankündigung verließ er den Vorbereitungsraum, um noch mit Gabys Mann zu sprechen, während die Frauen diszipliniert mit ihren Stimmübungen begannen. Eine junge Frau, die ähnlich gekleidet war, wie Ben, aber einen weiten Rock mit Petticoat trug, holte sie dann ab und geleitete sie zur Bühne, als sie gerade vom Direktor angekündigt wurden.

Die Frauen stellten sich auf, während Friedel einige Akkorde spielte und dann Mascha freudig zunickte.

Schon als sie ihr Programm mit *Immer will ich bei dir sein,* begannen, war die Reaktion darauf noch viel enthusiastischer, als damals in Professor Försters Partyscheune. Die jungen Leute jubelten bei jedem Lied, als hatten sie es persönlich bestellt.

Bei *Anneliese, ach Anneliese, warum bist du böse auf mich?* sangen sie schon eifrig mit und die Begeisterung des Publikums ließ auch die „Schlager-Goldies" so gut singen, wie sie es nie von sich erwartet hätten. Als im letzten Teil des Programms die besonderen Wunschlieder kamen, schossen zehn Personen fast von ihren Plätzen hoch und eilten jubelnd nach vorne.

„Jetzt kommt die Line-Dance-Gruppe", raunte Mascha den anderen zu, als die bei *Schuld war nur der Bossa Nova* schon in der Linie einsetzte und Schrittfolgen absolvierte, die sie so noch nie gesehen hatte. Aber es schien Spaß zu machen. Bei den folgenden zwei Liedern tanzten sie sogar als Paare, was auch sehr nett aussah. Aber nichts, was bisher zu sehen oder zu hören war, hatte die „Schlager-Goldies" auf das vorbereitet, was bei dieser steirischen Nummer *I sing a Liad für di* geschah.

Schon nach den ersten Takten von Friedel wurde die Tanzfläche vehement gestürmt. Da kaum noch jemand an den Tischen saß, schien das etwas zu sein, was jeder tanzen konnte. Und wie sie tanzten! Mit Begeisterungsschreien, wie *Rio, Rio* und rasanten Schritten bewegten sich die Leute nach einer Choreografie, die Mascha wieder völlig unbekannt war. Die meisten sangen den Refrain mit, auch die, die nur am Rand standen, aber dabei sein wollten. Friedel musste das Lied wiederholen und wurde gefeiert, wie ein Rockstar.

Auch als sie sich nach dem Schlussapplaus wieder im Vorbereitungsraum trafen, kamen die Frauen kaum zur Ruhe. Jede wollte ihre Begeisterung unbedingt mit den anderen teilen.

„Das war der tollste Auftritt, den ich je erlebt habe", erklärte Friedel stolz und auch sehr bewegt. „Und ich singe seit mehr als sechzig Jahren, aber so hat uns noch keiner gefeiert. Wie gut, dass Mascha damals vorgeschlagen hat, Schlager zu singen."

Alle schlossen sich an, aber Mascha wehrte ab. „Das klingt fast so, als hätten wir schon alles erreicht. Wir legen doch gerade erst richtig los und haben noch viel vor. Lasst uns jetzt gemeinsam feiern und uns auf die nächsten Höhepunkte freuen."

Auch als sie in der Halle zu ihrem Tisch gingen, wurde erneut für sie applaudiert, obwohl schon ein Buffet eröffnet war, das auch Aufmerksamkeit einforderte.Nachdem sie das erste Mal auf eine tolle Zukunft angestoßen hatten und ein wenig Ruhe eintrat, flüsterte Gaby noch in Maschas Ohr. „Es hat geklappt, Jörn ist ganz stolz, weil ihn der Direktor als ersten gefragt hat. Wir haben das echt gut hingekriegt."

Dann aber flüsterte sie nicht mehr, sondern sah mit offenem Mund, wie Claudia sich mit einem Mann aus der Line Dance-Gruppe unterhielt und sich Schritte zeigen ließ.

Als sie zurückkam erzählte sie stolz: „Sie suchen noch Verstärkung, er hat gesagt, ich sei sehr talentiert. Super, oder?"

Dann setzte sie sich eilig, da sich Ben Falkner mit einem großen Tablett mit Sektgläsern näherte.

„Ich muss unbedingt mit Ihnen auf die „Schlager-Goldies" anstoßen. Sie können es sich vielleicht nicht vorstellen, aber für uns sind Sie echte Idole. Sie haben nicht nur fantastisch gesungen, soviel Begeisterung und Lebensfreude ausgestrahlt, Sie müssen auch ein Geheimrezept dafür haben, älter zu werden, ohne dass man es bemerkt, so wie ein guter Wein, der mit jedem Jahr immer noch besser wird. Auf Ihr Wohl und die nächsten Erfolge der „Schlager-Goldies!"

ENDE

Von der Autorin sind im BoD-Verlag bereits erschienen:

- Machen wir es wie Miss Marple -1
  Cosy-Crime-Geschichten
- Machen wir es wie Miss Marple -2
  Cosy-Crime-Geschichten
- Der Sonntags-Krimiclub
  Cosy-Crime-Geschichten
- Sophie und die Krimifrauen vom alten Bahnhof -1-
  Cosy-Crime-Geschichten
- Sophie und die Krimifrauen vom alten Bahnhof -2-
  Cosy-Crime-Geschichten
- Sophie und die Krimifrauen vom alten Bahnhof -3-
  Cosy-Crime-Geschichten

- Die Weiberwirtschaft
  Frauenpower im Mühlengrund
- Die Silver Girls
  Das Programm gegen Jugendschwund

- Das gibt es doch nicht!
  Unmögliche und fantastische Geschichten 1

- Das ist wirklich das Allerletzte!
  Unmögliche und fantastische Geschichten 2
- Jetzt ist aber Schluss!
  Unmögliche und fantastische Geschichten 3
- Alles auf Anfang!
  Unmögliche und fantastische Geschichten 4
- Und wo bleibt mein Wunder?
- *Unmögliche und fantastische Geschichten 5*

- Der Club der kleinen Millionäre -1-
  Coole Kids und der clevere Umgang mit Geld
- Der Club der kleinen Millionäre -2-
  Von Pfunden, Freundschaft und Hunden
- Der Club der kleinen Millionäre -3-
  Coole Kids und eine rätselhafte Schatzkarte

- Immer wieder aufstehen!
  Kurzgeschichten zum Mut machen
- Klara und die Monster
  Mit Mutpunkten gegen die Angst
- Das Monster im Schrank
  Wenn Kinder Angst haben - Ratgeber